SŒURS DE SANG

DANS LA MÊME SÉRIE

1. *Double vie*	Lynn Mason
2. *Une nouvelle recrue*	Laura Peyton Roberts
3. *Opération solo*	Lynn Mason
4. *Sœurs de sang*	Laura Peyton Roberts

LAURA PEYTON ROBERTS

SŒURS DE SANG

D'après la série télévisée
créée par J.J. Abrams

Fleuve Noir

Titre original :
Disappeared

Traduit de l'anglais
par Robert Macia

Originally published in the United States and Canada by Random House Children's Books as *Disappeared.*
This translated edition published by arrangement with Hyperion.

ISBN : 2-265-07699-6

Si vous croyez qu'être à la fois étudiante à plein temps et agent opérationnel de la CIA à temps partiel est une partie de plaisir, c'est que vous n'avez jamais essayé. Sans compter que mon patron, Wilson, n'a qu'une vague idée de la notion de temps partiel. J'ai un agenda harassant. Quand je ne suis pas à l'entraînement au combat rapproché, ou en train de peaufiner mes techniques de renseignement, ou occupée à apprendre une énième autre langue, je parcours le monde en avion

Pas mal, non ? C'est plutôt sympa.

Et ce que je fais est terriblement important. Je *crois* en ce boulot comme jamais je n'ai cru en quoi que ce soit.

J'aimerais pourtant pouvoir profiter d'un samedi à moi toute seule et me réveiller à midi le dimanche. Comme une personne *normale*. Vous comprenez ?

Oh ! Mon bip sonne. Il faut que j'y aille.

1

— Vous voulez quoi ? s'exclama Sydney Bristow en secouant la tête, incrédule avant d'éclater de rire. C'est une blague, Wilson !

Réginald Wilson, l'homme qui l'avait recrutée au SD-6, se pencha en avant et s'appuya, bras croisés, sur la longue table polie de op-tech.

— Je ne plaisante pas, Sydney.

— Vous me demandez sérieusement de rejoindre une confrérie d'étudiantes ! C'est ça ?

Wilson la fixa dans les yeux. Il n'y avait pas la moindre trace d'humour dans son regard.

Elle secoua la tête.

— C'est ça ? répéta-t-elle avec impatience. Vous n'allez pas me faire croire que le sort du monde libre dépend de ma capacité à parler chiffons ou à boire de la bière dans des boums.

— Il n'y a pas d'âge pour parler chiffons, répliqua-t-il sèchement. Je ne vois pas le problème. Vous êtes en tout cas officiellement priée de vous intéresser à ces sujets ainsi qu'aux états d'âme de vos congénères. Vous semblez manquer de pratique en ces domaines.

Je vous recommande de vous exercer avant de poser votre candidature à Alpha Kappa Khi.

Il me mène en bateau, pensa-t-elle. *Ce n'est pas possible autrement.*

Mais Wilson était un excellent agent secret. Il était impossible de lire quoi que ce soit sur son visage.

— Je refuse de rejoindre un de ces machins où les filles passent l'essentiel de leur temps à parader sur le campus dans des accoutrements incroyables, poursuivit-elle en essayant de rester le plus calme possible. C'est quasiment un boulot à plein temps. D'ailleurs je ne sais pas comment elles font. Elles doivent vivre dans une autre dimension, loin des préoccupations quotidiennes d'une étudiante de base. Sans compter que je travaille aussi pour vous. Je ne peux pas me permettre de mener une troisième vie de front.

Elle aurait pu ajouter qu'elle avait une mauvaise opinion de ces confréries, mais elle pensait avoir été suffisamment claire. Son goût pour les études, sa réserve naturelle, son côté asocial, en fait tout ce qui l'avait désignée comme étant une candidate idéale pour intégrer une des branches les plus secrètes de la CIA était diamétralement opposé à l'esprit de ce genre d'associations estudiantines.

— Vous avez marqué un point, reconnut Wilson en fronçant les sourcils. Il faudra lâcher du lest. Je pense que cette nouvelle…

— Wilson ! l'arrêta Sydney. Je *refuse* de rejoindre un de ces groupes. Je n'ai rien de commun avec ces filles. N'insistez pas ! Je veux bien peaufiner ma couverture à la fac, explorer les moindres recoins de la vie en communauté mais je refuse que vous vous occupiez de mon temps libre…

— Qui parle de temps libre ? Il s'agit de votre prochaine mission.

— Intégrer une confrérie ?

— Intégrer Alpha Kappa Khi, corrigea Wilson avec impatience. Je ne vois pas l'intérêt d'infiltrer un autre groupe.

Infiltrer un autre groupe ?

Sydney prit une profonde inspiration. Elle n'avait pas laissé beaucoup de chances à Wilson de s'expliquer. Ses deux dernières missions, à Paris et en Écosse, avaient été de vraies missions, correspondant à ce que le SD-6 pouvait exiger de ses agents. Mais quel rapport avec cette histoire de confrérie ?

— Si nous reprenions au début ? bredouilla-t-elle.

Wilson la foudroya du regard.

— Essayez de faire attention, cette fois-ci.

— Bien, monsieur.

Sydney s'enfonça dans son fauteuil, priant pour que les deux agents qui venaient de passer dans le couloir n'aient pas entendu la réprimande. Depuis son entrée à l'agence, elle s'était taillé une réputation de bon élément mais, officiellement, elle demeurait une débutante.

— Comme je le disais, reprit Wilson d'un ton légèrement agacé, je veux que vous intégriez Alpha Kappa Khi le plus rapidement possible. Nous avions un agent dans la place, Jen Williams. Jen est morte il y a deux semaines. Le procureur a conclu qu'elle avait succombé à une crise d'asthme. Nous ne croyons pas une seconde à cette version.

— Attendez, intervint Sydney en se redressant sur son siège. Vous voulez dire qu'elle aurait été assassinée ?

Wilson acquiesça.

— Jen avait de l'asthme mais elle était suivie régulièrement. À mon avis, elle a été étouffée. Avec sa pathologie, les enquêteurs n'ont pas cherché plus loin.

— Mais… mais…

Sydney essayait de rassembler ses pensées.

— Vous voulez dire qu'elle a été tuée parce qu'elle avait rejoint la confrérie ?

— Non. Je crois que quelqu'un à l'intérieur de la confrérie l'a assassinée.

— Ils savaient donc qu'il s'agissait d'une espionne ?

— Probablement.

— Ça n'a aucun sens, protesta Sydney. Quelle genre de mission lui aviez-vous confiée ? Qui sont ces filles ?

Wilson se massa les tempes, visiblement victime d'un début de migraine.

— Ce n'est pas moi qui l'ai envoyée là-bas. Jen était déjà membre de Alpha Kappa Khi quand nous l'avons recrutée. Elle devait jongler avec ses emplois du temps mais la couverture était excellente. Qui suspecterait une fille appartenant à une confrérie d'étudiantes ?

— Pas moi, admit Sydney.

— Exact. Sans compter que les Alpha voyagent beaucoup. Jen nous rendait quelques services à l'occasion de ces déplacements. Elle allait décrocher son diplôme et commencer à travailler pour nous à plein temps.

— Elle était en dernière année ? demanda Sydney.

Elle aurait aimé la connaître. Jamais elle ne se serait

doutée qu'il y avait une autre fille à la fac qui avait été recrutée par le SD-6… Aujourd'hui, Jen était morte.

— Elle avait débuté après vous et n'avait pas progressé aussi vite. Mais c'était un très bon agent, avec la tête sur les épaules. Sa disparition est une grosse perte.

Sydney acquiesça, les yeux embués de larmes.

— Je découvrirai son assassin, jura-t-elle. Ils ne vont pas comprendre ce qui leur arrive.

Wilson esquissa un sourire.

— Il y a autre chose, ajouta-t-il. AKK organise un voyage à Hawaï. Jen devait conduire une mission là-bas pour l'Agence. La plus importante que nous lui ayons jamais confiée. Vous allez la remplacer.

— Comptez sur moi. Je me donnerai à fond.

Wilson la jaugea longuement du regard.

— N'en faites pas une affaire personnelle, prévint-il. L'assassin de Jen court toujours. En fonçant tête baissée, vous risquez d'y laisser votre peau.

— Je serai prudente.

— J'espère bien. Nous voulons savoir ce qui est arrivé à Jen mais sûrement pas que ça nous coûte la mission ou la perte d'un autre agent.

La manière dont il la fixait dans les yeux lui noua l'estomac. Cette histoire de confrérie ressemblait de moins en moins à une partie de plaisir.

Sydney secoua la tête.

— Jen a peut-être été tuée par un élément extérieur.

— C'est possible. Mais Jen a été retrouvée morte dans son lit à l'adresse de l'association. Ce qui semble privilégier la piste interne. Surveillez constamment vos arrières, Sydney. C'est un ordre.

*
* *

En traversant le campus pour regagner sa chambre, Sydney était trop absorbée dans ses pensées pour remarquer le halo rougeâtre formé par la brume autour du soleil ou s'attarder sur les patineurs qui évoluaient dans les allées. Les recommandations de Wilson résonnaient encore à ses oreilles. Elle avait toujours devant les yeux la carte de la pointe sud d'Oahu.

— La confrérie résidera à Waikiki, avait-il expliqué en désignant un point sur l'écran de l'ordinateur. Pearl Harbor est là, à peu de distance. Vous voyagerez avec votre équipement, bien entendu.

— Évidemment, avait-elle répliqué encore sous le choc.

Wilson lui avait donné un GPS qui devait permettre de la localiser n'importe où dans le monde. L'appareil ressemblait à un petit écran de télévision à cristaux liquides.

— Il est étanche, avait-il précisé. Les coordonnées de votre mission y ont déjà été programmées. Apprenez rapidement à maîtriser cette technologie et surtout, quoi qu'il arrive, ne le perdez pas.

— Je ferai attention.

Tout en marchant, Sydney tâta son sac pour s'assurer de la présence du précieux engin.

— Vous en savez autant que moi, maintenant, avait-il poursuivi. Tout est clair ?

— Comme du cristal.

De retour à la vie normale, elle avait pourtant de la peine à croire aux révélations de Wilson.

Une arme nucléaire au fond de Pearl Harbor. C'était proprement stupéfiant.

— L'arme n'est pas opérationnelle, avait-il assuré. Il s'agit d'un prototype assez révolutionnaire. Pendant des années, tout le monde a cru que Benjamin Suler, le seul scientifique à travailler sur ce projet, avait disparu en emportant son secret avec lui. Seules quelques personnalités de haut rang étaient au courant des travaux de Suler. Après Hiroshima, ils ont décidé de tout abandonner. Ils avaient tort. Dès que nous avons eu vent de cette histoire, nous avons mis un agent à plein temps sur le coup pour essayer de retrouver le prototype.

— Mais pourquoi ?

— Nous vivons dans un monde dangereux, Sydney. Le modèle développé par Suler était beaucoup plus puissant que les deux engins largués sur le Japon. Plus petit et plus efficace.

— Plus efficace ? répéta-t-elle alors qu'elle revoyait dans son esprit les images du champignon atomique s'élevant au-dessus de Hiroshima.

Les destructions avaient été considérables. Penser qu'il pouvait y avoir pire…

— Disons que nous ne souhaitons pas voir le prototype tomber entre de mauvaises mains. La technologie peut paraître dépassée en fonction des critères d'aujourd'hui, mais c'est justement ce qui en fait sa valeur aux yeux de certains. Elle est plus facile à reproduire. Au mieux, nous récupérons l'engin, coûte que coûte. Au pire…

— Elle nous échappe, termina Sydney à sa place, imaginant la bombe aux mains de terroristes fanatiques ou de seigneurs de la guerre obnubilés par le pouvoir.

Un court instant, l'effroi passa sur le visage de Wilson avant de disparaître aussitôt.

— La bonne nouvelle, reprit-il en esquissant un sourire, c'est que nous l'avons localisée les premiers. Et ironie de l'Histoire, elle était juste sous notre nez.

Drôle d'ironie, jugea Sydney en pénétrant dans le hall de son immeuble. Dans les escaliers, elle repensait au désastre de Pearl Harbor qui avait marqué l'entrée en guerre des États-Unis lors du dernier conflit mondial.

Les Japonais avaient lancé une attaque surprise le 7 décembre 1941 au petit matin. C'était un dimanche. Ils avaient tué des milliers de soldats américains et coulé de nombreux navires. Après le raid, le port entier était en flammes.

Pendant tout le conflit, personne ne s'était vraiment préoccupé de faire l'inventaire de ce qui avait coulé. Des années plus tard, la carcasse du vaisseau *Arizona*, non loin de l'énorme masse de l'*Utah* à jamais couché sur le flanc, serait aménagée en mémorial. Quant aux autres bâtiments, nombre d'entre eux reposaient encore au fond de l'eau, attendant de livrer leurs secrets. C'est ce qui s'était passé pour la bombe de Suler.

— Quand j'ai appris la nouvelle, je ne pouvais pas y croire, avait continué Wilson. L'engin était resté toutes ces années dans le port…

D'après les résultats de l'enquête commanditée par Wilson, le Dr Benjamin Léonard Suler était venu ce jour-là à Pearl Harbor dans le plus grand secret pour rencontrer un de ses collègues sur un navire amarré dans le port. Son corps, comme des centaines d'autres, n'avait jamais pu être identifié par les autorités. Quant au prototype, il devait encore se trouver sur place.

— Il l'emmenait partout avec lui dans une boîte en acier inoxydable spécialement conçue. Ce type était totalement paranoïaque.

Les yeux de Wilson brillaient d'un éclat particulier.

— Au moment de l'attaque, il a probablement cherché à mettre son œuvre à l'abri pour qu'elle ne tombe pas entre les mains de l'ennemi. Il l'a sûrement cachée à l'intérieur du navire. J'en suis intimement persuadé.

Or le *Eagle* avait sombré à Pearl Harbor où il se trouvait toujours. C'était du moins la théorie de Wilson, corroborée par le fait qu'une équipe de techniciens avait détecté un objet indéterminé dans l'épave gisant par douze mètres de fond. La mission de Sydney consistait à plonger clandestinement dans les eaux du port à la faveur de la nuit, puis à retrouver un vaisseau que personne n'avait jamais vu et enfin à mettre la main sur une boîte en ferraille dissimulée à bord par un vieux fou.

Du gâteau ! pensa-t-elle, sarcastique, en ouvrant la porte de chez elle.

— Enfin de retour ! s'exclama Francie allongée sur son lit au milieu d'un tas de feuilles éparses.

Elle portait un vieux jogging délavé et avait ramené ses longs cheveux noirs en boule au sommet de son crâne, le tout maintenu par un crayon à papier.

— Par pitié, je t'en prie, Sydney, libère-moi de ces fichus cours à relire !

Sydney sourit d'une oreille à l'autre, heureuse de retrouver la vie normale.

— Nous ne sommes que vendredi, lança-t-elle. Tu as tout le week-end pour terminer tes révisions.

— C'est exactement ce que je rêvais d'entendre, répliqua Francie en relevant la tête. Continue.

Sydney resta un moment pensive.

— J'ai décidé de rejoindre une confrérie d'étudiantes, dit-elle.

— Dehors ! s'écria Francie en se relevant d'un bond. Hors d'ici ! Non, attends… C'est une blague. Tu veux me faire marcher. Je me trompe ?

— Non, je t'assure. C'est sérieux. Enfin, je veux dire que ça pourrait m'aider à devenir plus sociable. Tu ne penses pas que c'est une bonne idée ?

— Mais… mais… Je croyais que tu détestais ce genre d'ambiances. Je dois toujours te supplier pour que tu m'accompagnes à une boum.

— C'est vrai, reconnut Sydney. Pourtant, j'ai réfléchi et je crois que ça me ferait du bien.

— Loin de moi l'idée de t'en dissuader. Je me demande simplement quelle mouche t'a piquée !

Sydney leva les yeux au plafond en se triturant une mèche de cheveux, le temps de trouver une réponse plausible.

— Au fond, je m'ennuie, finit-elle par lâcher. Je ne fais que travailler ou étudier. Je suis à la fac et je ne profite strictement de rien. J'ai l'impression de rater quelque chose. Je ne veux pas me retrouver dans quelques années à me lamenter sur le temps perdu. Il fallait que je réagisse.

— Félicitations… On peut dire que tu ne fais jamais les choses à moitié.

— Tu penses que je suis folle.

— Pas vraiment folle. Simplement…

Francie secoua la tête puis sourit.

— Tu es sérieuse ?

— Tout à fait.

— Dans ce cas, je m'inscris avec toi.

Sydney resta bouche bée. Elle aurait dû se douter que Francie réagirait de cette façon. Elle adorait sortir, rencontrer du monde, papoter avec les uns et les autres, depuis le voisin du dessus jusqu'au plus parfait inconnu. Elle adorait faire la fête. Elle était toujours la première sur la piste de danse et n'hésitait pas à draguer, y compris pour sa copine. Francie n'était pas du genre à rester dans son coin à contempler son gobelet en plastique pendant que les autres s'amusaient. Ce qui était l'attitude préférée de Sydney. En réalité, elle était une candidate idéale.

— Maintenant, il faut choisir la bonne confrérie, poursuivit Francie qui s'installa à son bureau. J'en connais plusieurs mais il ne s'agit pas de se tromper. Chaque association à sa propre personnalité. Nous devons trouver celle qui nous correspond le mieux.

— J'ai déjà fait mon choix, répliqua Sydney en balançant son sac sur son lit, tout en évitant de croiser le regard incrédule de Francie.

— Comme ça ? protesta cette dernière. Pourquoi se précipiter ? Laisse-moi le temps de me retourner. On devrait aller visiter quelques sites sur le Web.

— Je veux rejoindre Alpha Kappa Khi.

Sur le coup, Francie resta interdite avant d'éclater de rire.

— Je me demande comment tu vas faire, reprit-elle. Tu as sans doute décidé de braquer la banque pour laquelle tu bosses, ou un truc dans le genre ?

Le SD-6 agissait sous le couvert du Crédit Dauphine,

un organisme financier qui servait de paravent à leurs activités occultes. Pour Francie, Sydney y occupait un poste subalterne à mi-temps. De là à dévaliser son employeur !

— Je ne vois pas le rapport ? s'étonna Sydney qui avait dégrafé sa robe et se promenait en sous-vêtements.

— Il n'y a que des richards au AKK ! Tu te fiches de moi ? A la fac, on les appelle Dollar & Cie.

— Qu'est-ce que ça change ? Elles ne vont pas me jeter simplement parce que je ne passe pas toutes mes vacances à Saint-Bart.

— C'est toi qui le dis, répliqua Francie avec une moue dubitative.

Puis son visage s'illumina subitement.

— Je connais deux filles qui appartiennent à Sigma Omega, poursuivit-elle. Elles sont en biologie avec moi. Je pourrais leur en parler. Ce serait sympa. Ils organisent tout un tas d'actions caritatives. Tu te souviens de ces containers sur le campus pour récupérer les cannettes vides ? Avec l'argent, Sigma Omega a acheté des livres pour un foyer d'enfants maltraités.

— C'est super, convint Sydney. Mais j'ai déjà fait mon choix et il est définitif.

— Je ne comprends pas. Pourquoi AKK ?

— J'aime… j'aime la manière dont elles ont aménagé leurs locaux.

C'était la première chose qui lui était venue à l'esprit. Si ces filles étaient si riches que ça, elles avaient probablement beaucoup investi pour leur confort. Elle s'attendait à ce que Francie balaie l'argument avec mépris, mais à sa grande surprise, elle l'entendit pousser un sifflement admiratif.

— Tu parles d'une baraque ! Elles ont même une piscine !

— Il n'y a plus à hésiter. On fonce.

Sydney se dirigeait déjà vers la salle de bains pour prendre sa douche.

— Ce n'est pas si facile que ça, Syd. Il faut d'abord qu'elles nous donnent le feu vert.

Sydney s'arrêta net et se tourna vers son amie.

— Tu sais comment ça se passe ?

— Le recrutement se fait à l'automne. Les candidatures…

— Non. Comment on fait pour intégrer tout de suite ?

Francie la regarda, interloquée.

— Je ne pense pas que ce soit possible.

— Il doit bien y avoir un moyen, répliqua Sydney en désignant l'ordinateur sur le bureau de Francie. Regarde ce que tu peux trouver sur leur site pendant que je me lave…

Juste à ce moment-là, on frappa à la porte.

— Qui ça peut être ? demanda Sydney.

— Tu n'as qu'à ouvrir, répondit Francie sans bouger d'un pouce.

Sydney se dirigea vers la porte et tourna la poignée, s'attendant à découvrir une de leurs voisines d'étage sur le seuil. À la place, elle vit Burke Wells, planté dans le couloir, un doux sourire aux lèvres et tenant à la main un bouquet de marguerites.

— Burke ! s'exclama-t-elle en lui claquant aussitôt la porte au nez.

Elle était rouge comme une pivoine alors que Francie riait à gorge déployée.

— Je ne trouve pas ça drôle, lança-t-elle à son amie en se précipitant dans la salle de bains pour enfiler un peignoir.

— Moi si, répliqua Francie, hilare. Je me demande ce qu'il vient faire ici ?

Sydney prit une profonde inspiration et rouvrit la porte. Burke paraissait déconcerté, ce qui le rendait encore plus craquant.

— Je vois que tu n'es pas prête, dit-il. Remarque, tu n'es pas mal en petite tenue. On peut remettre à une autre fois…

— J'ai travaillé plus tard que prévu aujourd'hui. Puis on s'est mis à papoter avec Francie et je n'ai pas vu l'heure tourner…

Elle n'avait pas le cœur de lui avouer qu'elle avait complètement oublié leur rendez-vous de ce soir.

— Je suis vraiment désolée, Burke. Je n'ai pas encore pris ma douche. Si tu as une course à faire, profites-en… on se retrouve tout à l'heure.

Elle aurait parfaitement compris qu'il l'envoie sur les roses mais Burke se contenta de lui tendre le bouquet de marguerites.

— C'est pour toi, dit-il avec un adorable sourire. Et pense à les mettre aussi dans l'eau.

*
* *

— Où va-t-on ? demanda-t-elle alors qu'ils descendaient la rue dans la douceur d'un belle soirée de printemps.

Elle s'était séchée et habillée si rapidement que ses cheveux noués en queue-de-cheval paraissaient encore flotter dans un halo de buée.

— Je croyais que tu voulais manger une pizza ? s'étonna-t-il.

— C'est vrai.

Sydney avait soigneusement établi le programme de la soirée. Une pizzeria était l'endroit idéal pour se détendre en tout bien tout honneur, sans ambiguïté. Avec Noah, elle aurait probablement préféré quelque chose de plus…

Ne pense pas à Noah Hicks, s'adjura-t-elle. *S'il ne s'était pas montré aussi froid et distant, tu n'aurais jamais appelé Burke.*

De toute façon, Noah s'en fiche.

Elle se sentait légèrement coupable. Burke était si gentil, attentionné, si… *normal*. Elle refusait de croire qu'elle se servait de lui pour s'éloigner de Noah.

— Tu aimes quoi sur ta pizza ? demanda-t-elle en lui prenant le bras.

— Désolé de te décevoir, répondit-il. Mais j'aime tout.

— Pourquoi serais-je déçue ? C'est très parlant, au contraire.

— Tu crois ?

Il la prit par l'épaule et l'attira contre lui.

— Je ne suis pas si compliqué que ça, ajouta-t-il.

Sydney sentit son pouls s'accélérer. Elle aimait l'odeur épicée de sa peau – parfum ou savon exotique acheté dans une des boutiques bio qu'il fréquentait. Il s'était rasé de près et la fixait avec ses magnifiques yeux bleus d'une étonnante pureté…

— Je ne sais pas quoi penser de toi, le taquina-t-elle pour rompre le charme. Si j'en reste à tes opinions politiques, tu dois être complètement fou, mais je te promets de me montrer patiente.

— J'espère bien te convaincre un jour. Tu verras. Attends ton premier gros scandale, tu me jugeras autrement.

— Je prends le pari.

Pour l'instant Burke n'avait pas réussi à lui faire avaler que la navette *Challenger* avait été victime d'un sabotage, ni que des extrémistes de droite avaient infiltré l'armée pour renverser le gouvernement des États-Unis, et encore moins que les cantines scolaires servaient de la bouffe aux hormones afin d'influer sur le comportement des élèves.

Mais il était adorable.

Elle lui jeta un petit coup d'œil attendri.

La pizzeria située aux abords du campus était pleine à craquer. Ils durent attendre qu'une table se libère, puis un autre bon moment avant de voir arriver les pizzas végétariennes qu'ils avaient commandées. La conversation était ponctuée de longs silences. Sydney désespérait de retrouver le garçon affable qu'elle avait découvert lors de leur première soirée.

Elle commençait à se demander si Burke avait réellement quelque chose à dire.

— Parle-moi de ton boulot à la banque, lança-t-il à brûle-pourpoint en enfournant une grosse bouchée dégoulinant de fromage.

— Il n'y a rien à raconter, répondit-elle. C'est un travail tout bête.

— Mais qu'est-ce que tu fais ? Tu joues les secrétaires ? Tu classes les dossiers ? À moins que tu ne sois enfermée toute la journée dans la salle des coffres à compter l'argent, ajouta-t-il en lui adressant un clin d'œil.

— Ouais, c'est un peu ça, répliqua-t-elle en souriant. En ce moment, je compte surtout des lingots.

— Il paraît que ces banques étrangères, poursuivit-il en hochant la tête d'un air entendu, stockent de grandes quantités d'or pour déstabiliser notre monnaie et plonger l'Amérique dans le chaos.

Sydney éclata de rire.

— Tu es vraiment complètement dingue.

— Un doux dingue, j'espère.

À la lumière des chandelles, ses yeux étaient devenus presque verts. Sydney avait l'impression qu'ils étaient amis depuis toujours.

— Tu es parfait dans ce rôle.

— Tu viendras me voir à l'asile ?

— Évidemment.

Ils allèrent prendre une glace après le dîner. Le campus était désert quand Burke la raccompagna chez elle.

— Je ne te propose pas de monter, dit Sydney en s'arrêtant dans le hall. Tu t'épargnes quelques marches.

— Je suis jeune.

— Francie doit dormir comme une souche. Je préfère qu'on se sépare ici.

— Pas de bisou ?

Sydney ouvrit de grands yeux. Elle n'était pas habituée à des approches si directes.

— Je pense qu'on ne se connaît pas assez, bredouilla-t-elle. Je t'aime bien…

— Raison de plus, poursuivit-il en la prenant dans ses bras. Sans la langue, promis.

Elle sentit ses lèvres se poser délicatement sur les siennes. Elle se laissa aller contre lui. C'était un baiser entre copains, tendre…

Rien à voir avec le baiser passionné échangé avec Noah à Paris.

Cette pensée lui fit relâcher son étreinte. Elle croisa le regard désappointé de Burke et baissa les yeux.

— C'était une super soirée, dit-elle. Mais il faut vraiment que j'y aille.

— On se reverra ?

— Bien sûr !

En montant les marches, Sydney ne cessait de repenser au sale caractère de l'agent du SD-6, Noah Hicks. Il était impatient, arrogant, colérique. Tout le contraire de Burke.

Il était aussi plus âgé, ambitieux, secret.

Mystérieux.

Sydney avait senti son cœur chavirer dès leur première rencontre, puis leur mission à Paris les avait rapprochés. Inutile de le nier.

C'est entièrement de sa faute.

Depuis leur retour de France, Noah s'était révélé une tout autre personne. Elle ne s'était pas attendue à ce qu'il se jette dans ses bras – en tout cas pas au boulot – mais elle était loin de se douter qu'il l'ignorerait comme il l'avait fait. Pire, il avait essayé de convaincre Wilson de ne pas l'envoyer en Écosse, laissant entendre qu'elle serait incapable de mener sa mission à bien. Elle lui en voulait à mort. Tout en lui l'énervait, à commencer par ses airs de Sphinx impénétrable.

Dire qu'un instant ils avaient rompu la glace.

Elle était encore amoureuse. Il fallait se rendre à l'évidence.

Tu es folle ? pensa-t-elle en pénétrant dans la chambre plongée dans l'obscurité. *Pourtant, j'aurais tellement voulu qu'il m'embrasse à nouveau.*

C'était vraiment très ennuyeux.

Francie dormait à poings fermés, roulée dans ses couvertures. Sydney referma doucement la porte puis alluma la petite lampe sur son bureau en prenant soin de l'orienter vers le mur pour ne pas réveiller sa copine. Un tas de feuilles était posé sur son traversin.

REJOIGNEZ KAPPA KAPPA MACHIN !

Sydney sourit en découvrant le titre puis, s'asseyant sur son lit, s'absorba dans la lecture du document. Tous les détails y étaient. Les dernières pages étaient consacrées aux diverses actions caritatives menées par Omega Sigma.

Quelque chose me dit que Francie voudrait me voir changer d'avis.

Elle soupira en posant les feuilles sur sa table de nuit. Sydney éteignit la lumière et se glissa dans son lit, remontant la couverture jusqu'au menton.

Ça a l'air plutôt compliqué d'entrer dans ce genre d'endroit ! Mettre la main sur la bombe atomique sera un jeu d'enfant en comparaison.

2

— Je n'arrive pas à y croire, murmura Francie tout excitée. C'est allé si vite.

— J'aime quand ça va vite.

Sydney essayait de rester de marbre en découvrant la somptueuse résidence d'Alpha Kappa Khi mais, en réalité, elle se sentait comme une petite provinciale lors de sa première sortie dans le monde. Le bâtiment de deux étages tenait plus de la maison coloniale avec ses grandes colonnades blanches et son chapiteau que du pavillon de banlieue. De magnifiques parterres de fleurs agrémentaient la pelouse parfaitement entretenue. Sydney ajusta sa robe de satin noir et lissa ses bas une dernière fois.

— Je suis prête. C'est quand tu veux.

— Je crois que je ne me suis jamais sentie aussi mal, gémit Francie.

Sydney releva fièrement la tête et ouvrit la voie.

Durant les trois jours suivant son entrevue avec Wilson, Sydney avait mené son enquête sur les confréries. À UCLA, les candidatures se faisaient effectivement à l'automne mais il y avait aussi, tout au long de l'année, des sortes de sessions extraordinaires où l'on recrutait un ou deux nouveaux membres. Pur hasard ou calcul délibéré de Wilson, Alpha Kappa Khi tenait justement une de ces réunions informatives ce lundi soir.

L'imposante porte était ouverte, découvrant une somptueuse entrée carrelée de tommettes octogonales rouge pastel. À droite, un large escalier en bois rehaussé d'une magnifique rampe en fer forgé noir. À gauche, de grandes baies vitrées ouvraient sur la piscine et l'immense jardin admirablement dessiné. C'était comme dans un rêve.

— Waouh !

L'exclamation lui avait échappé malgré elle.

— Tu ne t'es pas fichue de moi, souffla Francie.

— Écoute, Fran. Le seul moyen de se faire accepter ici c'est d'avoir l'air d'y avoir passé notre vie. Nous ne courons pas après ces filles, nous appartenons au même monde. Si tu trouves que j'en fais trop ou que j'enjolive la vérité, laisse courir, d'accord ? Ça fait partie de mon plan pour leur forcer la main.

— Pour leur forcer quoi ? s'inquiéta Francie avec un petit rire nerveux.

Sydney n'eut pas le temps de répondre. Une superbe rousse venait d'apparaître au sommet des marches. Elle ne semblait pas s'être mise en frais et portait un vieux jean délavé et un T-shirt rose découvrant un nombril orné d'une petite pierre bleu ciel. Elle était pieds nus, les ongles peints eux aussi en bleu. Sydney se sentit subitement ridicule dans sa tenue de soirée alors que la fille descendait à leur rencontre.

— Salut, je m'appelle Roxy, dit-elle en tendant une

main ornée d'une bague en argent à chaque doigt. Bienvenue à Alpha Kappa Khi.

— Enchantée de faire votre connaissance, répondit Sydney, encore sous le choc mais bien décidée à ne pas laisser échapper cette occasion en or.

En visitant le site de l'association, elle avait parcouru la liste des membres et Roxy Sinclair n'était autre que la présidente en exercice.

— Je m'appelle Sydney, ajouta-t-elle aussitôt. Et je vous présente mon amie Francie.

Pendant que Roxy serrait la main de Francie, Sydney essayait de se souvenir de ce qu'elle avait lu sur AKK. Ses recherches avaient confirmé tout ce qu'avait dit Fran sur la réputation élitiste de l'association. En tout cas, elle était absolument certaine que l'invitation au cocktail de ce soir indiquait qu'il fallait venir habillé. Sydney ne s'attendait pas du tout à ce que la présidente d'un tel ramassis de snobs porte un jean et une pierre au nombril.

Ce qui, au fond, ne lui déplaisait pas.

— Vous tiquez sur ma tenue ? lui demanda Roxy comme si elle lisait dans ses pensées. Je sais, je sais. Vous estimez que c'est injuste et que j'aurais dû faire un effort. Pour vous dire la vérité, les cocktails de ce genre ne sont pas ma tasse de thé. Surtout si on n'y sert, comme c'est le cas ce soir, que des jus de fruits ou des boissons sans alcool.

— J'imagine que vous n'aurez pas beaucoup de mal à reconnaître les candidates dans l'assistance, intervint maladroitement Francie en regardant sa robe rouge vif parsemée de grands ronds multicolores.

— Ne vous inquiétez pas, la rassura immédiatement

Roxy. La plupart des autres membres sont sur leur trente et un.

Puis, fronçant ses fins sourcils roux :

— Certaines ont même fait un effort particulier.

Sydney sourit au sarcasme. La présidente n'ignorait pas la réputation faite à la confrérie. Il n'y avait donc pas que des snobs dans cette maison.

— Permettez-moi de vous présenter deux, trois personnes, proposa Roxy. Tout le monde est rassemblé à l'arrière.

Elles la suivirent à travers un grand salon d'apparat avec une cheminée, puis elles traversèrent une cuisine équipée avant d'atterrir dans une vaste pièce entièrement décorée en lavande et rose, les deux couleurs de la confrérie. Trois portes-fenêtres étaient ouvertes sur le jardin. Au premier plan, une collection de filles dans leurs plus beaux atours formant de petits groupes. Il était facile de reconnaître les candidates. Celles-ci, un gobelet en plastique à la main, faisaient en vain des efforts démesurés pour paraître le plus détendues possible. Sydney préféra s'attarder sur les membres présents, se demandant qui, parmi elles, savait quelque chose sur la mort de Jen William.

— Voici Keisha, dit Roxy en se dirigeant vers une très belle brune aux cheveux courts, avec de grands yeux noirs. C'est la meilleure d'entre nous, poursuivit-elle en se penchant à l'oreille de Sydney. Keisha, je te présente Sydney et… pardon, j'ai oublié votre nom.

— Francie, ajouta cette dernière avec un sourire forcé.

— Francie, répéta Roxy en levant les yeux au ciel.

Curieusement, bien que Roxy soit rousse, son visage ne portait aucune tache de rousseur.

— Comment ça se déroule ? demanda Keisha d'une voix traînante, sans leur jeter le moindre regard. Qu'est-ce qui se passe avec le buffet, Roxy ? Je croyais que c'était Ashley qui devait s'en occuper et elle n'est pas encore arrivée.

Roxy scruta rapidement la pièce, puis sourit en haussant les épaules.

— On peut toujours commander des pizzas.

— Non ! s'indigna Keisha. C'est impensable. Tu imagines ! Une douzaine de Méga-je-ne-sais-quoi passant de main en main dans des boîtes dégoulinantes de graisse ! Quelle horreur ! Dire que j'ai sorti ma carte de crédit pour ça.

— Calme-toi, répliqua Roxy. Donne-lui encore un quart d'heure. Nous aviserons après.

— Qui est votre traiteur ? demanda Sydney pour s'impliquer dans la conversation.

Keisha se tourna vers elle en continuant à l'ignorer ostensiblement.

— Ça dépend. Ashley ne jure que par les Français – elle a probablement passé commande au *Petit Gourmet*.

— Pour ma part, je préfère me fournir *Chez Marcel*, poursuivit Sydney en évitant de fixer Francie qui ouvrait de grands yeux. Malheureusement, mon père vient de se remarier pour la énième fois et je n'ai plus l'occasion d'organiser des dîners à la maison. À cause de ma belle-mère. Vous savez ce que c'est.

Keisha esquissa un sourire.

— Nous sommes toutes passées par là, dit-elle alors qu'elle se décidait enfin à la regarder.

— Je pense qu'au petit jeu des belles-mères tournantes, je détiens la palme, ajouta Roxy.

Un mouvement soudain du côté de la porte d'entrée attira leur attention. Une grande blonde dégingandée venait de pénétrer dans la pièce suivie par deux serveurs en smoking chargés de plateaux.

— Tiens voilà Ashley avec les petits-fours, s'exclama Roxy. Je ferais bien de m'assurer que tout se passe pour le mieux.

Sydney regarda la présidente s'éloigner. Lorsqu'elle se retourna, Keisha s'était, elle aussi, éclipsée.

— C'est quoi ces salades ? demanda Francie. Ton père s'est remarié ? Pour la énième fois ? Je ne comprends pas où tu veux en venir.

Sydney haussa les épaules. Francie savait pertinemment que son père vivait seul depuis la mort de sa femme dans un accident d'auto alors que Sydney n'avait que six ans. Sydney parlait rarement de la disparition de sa mère. Parce que la blessure était encore béante, mais aussi en raison de l'attitude de son père qui l'avait rejetée et ne s'occupait jamais d'elle. Elle avait inventé cette histoire pour jouer à armes égales avec ces filles et se faire accepter. Mentir faisait partie de son boulot. Elle était effrayée de l'aisance avec laquelle elle s'était adaptée à la situation. Les mensonges qu'elle faisait dans le cadre du travail lui semblaient maintenant presque naturels. Il s'agissait de se couvrir, d'élaborer une stratégie ou un plan…

Avoir Francie dans les pattes ne lui faciliterait sûrement pas la tâche.

— Je trouve que tu en fais trop, continua Francie. Je sais que ton père…

— Je veux me faire bien voir. D'accord ? intervint Sydney en baissant la voix. Tu souhaites faire partie de cette confrérie, oui ou non ?

— Je ne vois pas pourquoi tu as menti.

Keisha portait un solitaire monté en bague à la main droite. Sydney l'avait tout de suite remarqué, se demandant où elle l'avait dégotté. Encore un point qu'elle devait éviter d'aborder devant Francie au risque de s'attirer ses soupçons.

— Je ne sais pas, soupira Sydney en prenant sa mine la plus déconfite. Ne fais pas attention à moi. Je perds un peu les pédales, mais je veux tellement entrer dans cette confrérie.

— Au point de devenir quelqu'un d'autre…

— Non, rassure-toi. Je suis toujours la même.

Sydney se tourna vers sa copine en souriant de toutes ses dents.

— Allons faire la connaissance d'autres gens, ajouta-t-elle.

Francie ne répliqua pas. Les deux filles se fondirent dans la foule. Sydney décida de ne pas aborder tout de suite la mort de Jen. Elle avait potassé à fond son dossier au SD-6 et elle en connaissait assez pour se faire passer pour une de ses vieilles relations. Les gens se confieraient sans doute plus facilement, mais mieux valait rester prudente. D'autant que Francie, à qui elle n'avait jamais parlé de Jen auparavant, ne manquerait pas de lui faire subir un nouvel interrogatoire en règle.

— Oh ! Des champignons farcis ! s'exclama une fille en robe blanche au passage du serveur. Vous n'aimez pas ? demanda-t-elle à Francie.

Sydney la toisa du regard.

Une candidate, trancha-t-elle.

— Je n'en ai jamais mangé, répondit Francie.

— Vous devriez essayer, poursuivit la fille. Tenez.

Francie hésita puis accepta par politesse. Sa nouvelle amie croqua dans son champignon. Un filet de sauce lui coula sur le menton et tacha sa robe immaculée.

— Non ! Quelle horreur, pleurnicha-t-elle en essayant de nettoyer la souillure avec une serviette en papier rose.

Ce qui ne fit qu'étendre les dégâts.

— Je recommande un petit tour aux toilettes pour y passer de l'eau, dit Francie. Je vous accompagne.

— Vrai ? répliqua la fille au comble de la gratitude. Permettez-moi de me présenter. Tina. Ravie de faire votre connaissance.

— Moi, c'est Francie. Je reviens dans une minute, Syd, lança-t-elle en s'éloignant avec la malheureuse.

— Je ne pense pas qu'elles pourront ravoir la robe, dit une voix traînante à l'oreille de Sydney. C'est du synthétique.

Sydney tourna la tête. Ashley se tenait à ses côtés, tout habillée de soie sauvage. Elle avait légèrement retroussé les lèvres de dédain en prononçant le mot « synthétique ».

— Elle aurait dû mettre son bavoir, ironisa-t-elle pour être dans le ton. À propos, je m'appelle Sydney. Je suppose que vous êtes Ashley. La nourriture est délicieuse.

Le visage d'Ashley s'épanouit d'aise.

— N'est-ce pas ?

Sydney faillit parler du retard pour rabattre le caquet de cette petite prétentieuse, mais à quoi bon.

— Vous êtes membre de la confrérie depuis longtemps ? demanda-t-elle à la place.

— Depuis la rentrée, répondit Ashley avec fierté. Au moment où la compétition est la plus dure. Ce qui n'est pas le cas aujourd'hui, sans vouloir vous offenser.

Ashley était la caricature des filles à papa de Beverly Hills.

— Il n'y a pas de mal, répliqua Sydney du tac au tac. J'avais prévu de me présenter à l'époque, mais ma grand-mère est tombée malade. Il a fallu l'hospitaliser d'urgence. Nous avons cru que c'était la fin.

— Dommage. Ce sera pour l'année prochaine, ajouta Ashley en haussant les épaules. En réalité, il est extrêmement rare que nous acceptions de nouvelles recrues en cours d'année. Beaucoup d'appelées et peu d'élues… Les candidates se bousculent.

— Vous avez pourtant perdu une de vos membres récemment, n'est-ce pas ? Pauvre Jen. Je n'en croyais pas mes oreilles quand je l'ai appris ; ça me paraissait impossible. Elle avait souvent des problèmes respiratoires ? Je pensais qu'elle était suivie pour son asthme.

— C'était une de vos amies ? embraya Ashley, visiblement étonnée.

— Nos parents se fréquentaient dans le temps. Malheureusement, nous n'allions pas dans le même lycée. Je regrette de ne pas l'avoir mieux connue.

— Je ne la connaissais pas très bien non plus. Enfin, c'est la vie. Maintenant, je vous laisse. Des ordres à donner pour le service.

Elle tourna les talons, abandonnant Sydney à ses pensées. La réaction d'Ashley était pour le moins étrange. Il y avait peut-être anguille sous roche. Mais attention à ne pas se précipiter…

— Un instant d'attention, je vous prie.

Roxy était juchée sur un canapé.

— Je m'appelle Roxy Sinclair et je suis la présidente de la confrérie. Je tiens à vous remercier d'être venues si nombreuses ce soir. Soyez les bienvenues.

Un tonnerre d'applaudissements lui répondit. Francie en profita pour se frayer un passage jusqu'à Sydney.

— J'ai raté quelque chose ? demanda-t-elle, inquiète.

— Rien du tout.

— Si vous voulez bien passer à côté, reprit Roxy, et vous installer sur les chaises pour suivre une brève présentation de notre association. J'essaierai de ne pas être trop ennuyeuse. Promis.

Les filles se ruèrent littéralement dans la pièce où avait été disposées quelques rangées de chaises en face d'un tableau de conférence. Aux murs, deux banderoles rose et lavande proclamaient le respect du règlement et la fidélité à l'esprit de l'association. Sydney imaginait les pensionnaires en pyjama s'affairant tard le soir pour apporter la dernière touche.

— Posons-nous là, proposa Francie à mi-voix en désignant deux chaises au premier rang, nous verrons mieux le tableau.

— Je ne serai pas longue, dit Roxy, un marqueur à la main.

Ses longs cheveux ondulaient dans son dos alors qu'elle écrivait en grosses lettres mauves ALPHA KAPPA KHI – AKK en haut du tableau. Je pourrais commencer en vous racontant qui nous sommes, mais votre présence ici me laisse penser que vous le savez déjà.

Quelques filles gloussèrent dans l'assistance. Son petit discours était bien rodé.

— La création de la confrérie remonte à 1942. Pour celles qui aiment l'Histoire, des polycopiés sont à leur disposition en sortant. Mais avant tout, je tiens à être honnête avec vous. Nous recrutons rarement de nouveaux membres en cours d'année. Et comme vous pouvez le constater en ce moment même, la maison est trop petite pour satisfaire toutes les demandes.

Elle éclata de rire.

— Petite, relativement parlant, ajouta-t-elle.

Francie donna un petit coup de coude à Sydney comme pour signifier : « Je te l'avais bien dit. »

— Cette soirée a été organisée pour vous permettre de rencontrer les membres de la confrérie et de visiter nos locaux. Vous vous ferez ainsi une meilleure idée de ce qui vous attend si vous décidez de poser votre candidature à la rentrée prochaine. À moins que l'une d'entre vous ne soit cooptée dès aujourd'hui. Mais ne rêvons pas. En attendant, je vous propose d'écouter Kira nous parler de notre prochain voyage à Hawaï. L'une d'entre vous sera peut-être des nôtres. Départ samedi. À toi, Kira.

Une blonde, genre majorette, vint la rejoindre au tableau.

— Le voyage de cette année s'annonce super sympa, annonça-t-elle en sautillant sur place. Nous avons réservé au Waikiki Princess, un hôtel sensass qui donne directement sur la plage. Les chambres sont immenses.

L'ambiance est extra. On mangera plein de trucs exotiques servis par des mecs en pagne.

Un murmure d'approbation parcourut la salle, mais Kira s'arrêta à peine pour reprendre son souffle.

— La piscine est super extra et il y a tout ce qu'il faut en saunas et jacuzzi. Celles qui n'ont pas encore versé leur obole feraient bien de se dépêcher. Qu'est-ce que deux mille dollars pour passer des vacances de rêve ?

— Merci, Kira, reprit Roxy. En effet, tout ça m'a l'air vraiment… hyper sympa.

Quelques ricanements s'élevèrent, mais Roxy les arrêta aussitôt.

— AKK part à Hawaï, poursuivit Roxy. Si l'une d'entre vous était retenue pour intégrer notre petite communauté, elle serait, bien entendu, invitée elle aussi. À condition, évidemment, d'acquitter sa part. Une semaine, ce n'est pas grand-chose, mais, comme disait Kira, ce n'est pas très cher.

Sydney sentit Francie se raidir.

— Tout est dit ! conclut Roxy. Je vous demanderai de signer notre livre d'or et de laisser un numéro où vous joindre. Si vous avez des questions, n'hésitez pas à les poser à nos membres.

— Moi, j'ai une question, murmura Francie. Où allons-nous trouver deux mille dollars chacune ?

*
* *

— Et si elles appellent ? s'inquiéta Francie alors qu'elles traversaient le campus pour rentrer. Je n'ai pas autant d'argent de côté et je ne crois pas pouvoir me faire deux mille dollars de pourboires cette semaine.

— Calme-toi, dit Sydney, tout aussi préoccupée que son amie.

Elle n'aurait aucun problème pour se procurer l'argent. Le SD-6 couvrirait tous les frais. D'un autre côté, elle se demandait comment elle pourrait découvrir ce qui était arrivé à Jen si sa candidature n'était pas retenue.

— De toute façon, les chances sont minces, poursuivit-elle.

— Je me sens déjà mieux.

— Enfin, Fran, je croyais que tu ne voulais pas devenir membre d'AKK.

— Exact, admit Francie en tirant nerveusement sur sa robe rouge. Mais c'était avant.

— Avant quoi ?

— Avant de voir de près. Tu vois, j'ai bien aimé Ashley. La plupart des filles sont sympas. Et la piscine. Tu as vu ! Le problème, c'est Hawaï…

— Je pense que ça peut être super, reprit Sydney en essayant de ne pas s'emballer.

Si elle ne parvenait pas à entrer à AKK, Wilson s'arrangerait toujours pour l'envoyer à Pearl Harbor. Son enquête sur la mort de Jen prendrait simplement une autre tournure.

— Tu as l'argent pour payer ? demanda Francie.

— Pardon ? Tu veux parler du voyage ?… Disons que j'ai réussi à faire quelques économies en travaillant à la banque.

— Tu en as de la chance. Remarque, je peux essayer de taper des copains, mais je ne suis pas certaine de réunir la somme. Surtout s'il s'agit de partir en vacances.

— Je pourrais te prêter quelques billets.

Le visage de Francie s'illumina.

— C'est vrai ? Encore faut-il que nous soyons retenues. À ton avis, il y aura combien d'élues ?

— Je ne sais. Deux, trois. Peut-être aucune.

— Ce serait terrible si elles choisissaient l'une de nous deux et pas l'autre, poursuivit Francie en levant les yeux au ciel. En ce qui me concerne, je refuse de partir sans toi !

— Quoi ? Mais c'est idiot.

Si Fran était admise, Sydney aurait une bonne raison pour traîner ses guêtres du côté de la confrérie. Dans un sens, ce serait même plus intéressant – elle jouirait de tous les avantages sans avoir à se plier à un quelconque règlement.

— Non, je te dis, insista Francie. Et pareil pour toi. Si tu es invitée et pas moi, tu les envoies promener. D'accord ?

Sydney hésita une seconde de trop.

— D'accord ? répéta Francie.

— Je trouve inutile de continuer à discuter à propos de choses qui risquent de ne jamais se produire, répondit Sydney. Attendons plutôt de voir ce qui va arriver.

Francie prit une profonde inspiration.

— Tu as sans doute raison. Je ne sais pas pourquoi je m'emballe. Si on se fait jeter, on pourra toujours se rabattre sur d'autres confréries à la rentrée prochaine.

Super, pensa Sydney en s'efforçant de sourire. *Me voilà dans un sacré pétrin.*

*
* *

Les filles venaient d'arriver devant la porte de leur chambre quand le téléphone sonna.

— Je parie que c'est Burke, dit Francie d'un air taquin. Il ne peut plus supporter de passer une soirée loin de toi.

— Tu as sans doute raison, admit Sydney d'un ton détaché tout en cherchant fébrilement ses clés dans son sac.

Elle l'avait salué de loin sur le campus cet après-midi, mais ils ne s'étaient plus parlé depuis leur soirée de vendredi. Sydney ouvrit la porte et se jeta sur son lit pour attraper le combiné sur la table de nuit.

— Allô ?

— Allô, Sydney, dit une voix riante à l'autre bout de la ligne. Laisse-moi deviner… tu croyais qu'il s'agissait d'un garçon.

— Roxy ?

— Ouais, salut. Écoute, nous avons discuté entre nous et nous avons décidé de te coopter.

— Si vite ? Mais, mais… c'est fantastique.

— Tu es sûre ? On dirait que ça ne te fait pas vraiment plaisir.

— C'est tellement inattendu. Je pensais qu'il y aurait une autre réunion en compagnie de toutes les sœurs…

— En automne, oui. Mais pas maintenant. Remarque, si tu trouves qu'un simple coup de téléphone manque de tact, je peux toujours raccrocher et venir en personne habillée de rose t'apporter la bonne nouvelle…

— Non, non, ce ne sera pas nécessaire, répondit rapidement Sydney.

— Parfait. Tu viens de passer la première épreuve brillamment.

— Je fais de mon mieux, répliqua Sydney avec entrain. Maintenant, quelle est la seconde étape ?

— Tu échappes à une fouille en règle de ton tiroir à lingerie. Nous manquons de personnel. Mais tu es sommée d'assister à la petite fête hawaïenne que nous organisons mercredi soir. Barbecue à la résidence. Je ne te garantis pas un pur moment de gastronomie mais l'ambiance sera assez détendue.

— Ça baigne, mentit Sydney. À quelle heure devons-nous arriver ?

Il y eut un court silence à l'autre bout du fil.

— Nous ?

— Francie et moi.

— Ah, j'avais oublié ta camarade de chambre.

Il y eut un nouveau silence.

— Elle n'a pas été retenue.

Sydney prit une profonde inspiration. Abandonner Francie lui faciliterait effectivement les choses. Elle pourrait agir sans avoir quelqu'un constamment sur le dos pour lui poser des tas de questions.

D'un autre côté, ce serait trop dur pour Francie. Il suffisait de voir avec quel intérêt elle suivait la conversation pour s'en persuader.

Sydney était piégée.

— Je comprends, poursuivit-elle. Mais à quelle heure devons-nous arriver ?

— Elle est à côté de toi, n'est-ce pas ? demanda Roxy.

— Oui.

— Je ne veux pas t'ennuyer avec ça. En fait,

Francie et toi, vous êtes très différentes. Elle ne parle pas facilement, en tout cas pas avec les bonnes personnes. Elle paraît un peu timide.

— Timide ? Tu plaisantes ! s'exclama Sydney. C'est la fille la plus liante que je connaisse.

Roxy soupira.

— Ça te pose un vrai problème ?

— Tu ne peux pas t'imaginer.

— Dans ce cas… Amène-la.

Roxy éclata de rire.

— Après tout, c'est moi la présidente. Je ne risque pas grand-chose.

— Nous sommes présélectionnées toutes les deux ?

— Je pense pouvoir faire avaler la pilule à mes petites camarades. À vendredi !

3

— Roxy était d'accord pour m'inviter ? Tu es certaine d'avoir bien compris ? s'inquiéta Francie en remontant derrière Sydney l'allée principale de la résidence.

La maison était décorée de guirlandes lumineuses aux couleurs de l'association et des torches éclairaient la pelouse à intervalles réguliers.

— Il faut que je te le répète combien de fois ? s'impatienta Sydney. Après tout, tu n'avais qu'à répondre à ma place.

Mais Francie en avait suffisamment entendu lors de la conversation avec Roxy pour se douter de quelque chose. Elle n'avait pas cessé de harceler Sydney depuis deux jours. Rien n'avait réussi à l'apaiser. Et puis cette invitation impromptue à passer cet après-midi à la confrérie n'avait rien arrangé.

— Je sens de mauvaises vibrations, soupira Francie en triturant nerveusement l'ourlet de son T-shirt rose flambant neuf sur lequel s'étalait en grosses lettres à paillettes un énorme AKK POUR TOUJOURS.

Sydney haussa les épaules en désignant son propre T-shirt.

— On nous fait porter ces vêtements de clown en public et tu te préoccupes de la qualité des vibrations ? Francie, pour l'amour de Dieu, arrête de te tracasser à propos de ce que tu as cru entendre et essaie de t'amuser. Tu es sur le point d'être adoptée par les membres de la confrérie la plus fermée de UCLA, tu es invitée à une de leurs fêtes et toutes les filles vont t'adorer. Compris ?

Francie ouvrit de grands yeux, puis son visage se détendit progressivement.

— Tous les mecs, tu veux dire, répliqua-t-elle un large sourire aux lèvres. Quant aux filles, elles vont rester baba.

— Je te préfère comme ça.

Francie redressa la tête, bomba la poitrine et se recoiffa sommairement.

— Ça ne t'ennuie pas que je t'abandonne ? J'ai pas mal de gens à voir.

— Au contraire, embraya Sydney, ravie de se retrouver seule pour mener sa petite enquête.

— À tout à l'heure.

Francie plongea droit sur le premier groupe à sa portée.

— Timide ! marmonna-t-elle. Elles vont voir de quel bois je suis faite !

Sydney éprouva un petit pincement au cœur en la voyant s'éloigner. Francie allait probablement se faire un tas de copines et passer un excellent moment. Quant à elle, mieux valait ne pas perdre de vue la véritable raison de sa présence ici. Elle devait rester concentrée sur sa mission et essayer de glaner un maximum d'informations sur Jen en interrogeant le plus de filles possible…

— Charmante, dit une voix dans son dos. Je ne vous ai jamais vue ici.

Sydney se retourna pour découvrir un type en chemise Hawaï, l'air satisfait, qui lui tendait un gobelet en plastique.

— Vous avez l'air bien seule, dit-il.

— Vous vous trompez, répliqua-t-elle le plus calmement possible, ayant toujours en mémoire ce qui s'était passé lors de sa dernière sortie avec Francie.

— La pompe à bière est prise d'assaut, poursuivit-il. Une petite gorgée. Pour connaître mes pensées…

Sydney secoua la tête et tourna les talons. Le type émit un petit sifflement admiratif. Elle hésitait à revenir sur ses pas pour lui passer un copieux savon quand une tignasse rousse apparut dans son champ de vision. C'était Roxy.

— Je vois que tu as fait la connaissance de Maxwell, dit-elle en approchant. Ce type est vraiment impossible. Mais à voir ta tête, je pense que tu t'es déjà fait une opinion à son sujet.

Sydney haussa les épaules.

— C'est un gros lourd. Mais je voudrais d'abord te remercier. Pour tout. Tu comprends.

Elle voulait éviter de mentionner le nom de Francie devant des oreilles indiscrètes.

— Ne t'inquiète pas ! Je tenais à t'avoir avec nous et puis, une autre fille s'est désistée. Des petits problèmes d'argent. Tout est donc pour le mieux.

— C'est très gentil.

— C'est normal entre sœurs, répliqua Roxy avec un

large sourire. Sans oublier qu'il est toujours agréable de croiser de nouveaux visages.

Sa mine devint subitement grave.

— Ça a été plutôt dur ces derniers temps…

Sydney s'obligea à compter jusqu'à trois avant de s'engouffrer dans la brèche.

— J'ai appris qu'une fille était morte.

Roxy la fixa dans les yeux.

— Une fille ? Ashley m'a raconté que tu connaissais Jen.

— C'est exact.

Son cœur battait à tout rompre. Elle avait commis une grossière erreur. Les filles parlaient entre elles. Elle n'aurait sans doute pas dû évoquer ses relations avec Jen dès sa première visite.

— Nous n'étions pas très proches mais j'ai accusé le coup. Et toi… c'était ton amie ?

Roxy acquiesça. Ses yeux s'étaient embués de larmes.

— Je l'aimais beaucoup. Jen était un ange. C'est dur… Très dur de continuer à vivre ici sans elle. De faire semblant…

Une grosse larme roula sur sa joue. Roxy l'essuya du revers de la main.

— Je ne devrais pas t'ennuyer avec cette histoire, reprit-elle, des sanglots dans la voix. Tu viens d'arriver. Tu verras, les filles sont extra…

— Je n'en doute pas, la rassura Sydney, émue par la profondeur de l'attachement de Roxy.

C'était réconfortant de penser que Jen avait eu de vraies amies dans la confrérie.

— Je me sens ridicule maintenant, reprit Roxy. Sans compter que je dois avoir l'air d'une folle furieuse.

Sydney sourit.

— Tu devrais aller te rafraîchir, dit-elle.

— Tu as raison. Je vais me plonger la tête dans l'eau et me refaire une beauté.

— Je t'accompagne.

— Non, tu me serais plus utile en allant voir Michelle. Tu la connais ? Une grande brune ? Je crois qu'elle est habillée en jaune ce soir. Dis-lui de garder Katie à l'œil pendant mon absence. Elle comprendra.

— D'accord.

Sydney se demanda pourquoi une fille répondant au doux nom de Katie devait être surveillée.

La musique éclata alors qu'elle se dirigeait vers la maison. C'était si fort que les gens étaient quasiment obligés de crier pour se faire entendre. Sydney fendit la foule, souriant aux personnes qu'elle reconnaissait. Elle repéra enfin la grande brune près du buffet.

— Salut Michelle !

Michelle hocha la tête sans esquisser le moindre sourire. Sydney pointa du doigt l'inscription qui barrait son T-shirt rose.

— Je m'appelle Sydney Bristow. Nous n'avons pas eu l'occasion de faire connaissance l'autre soir.

Michelle haussa les épaules.

Ça commence bien, pensa Sydney.

— C'est Roxy qui m'envoie, réussit-elle à placer à la fin de la chanson. Elle a dû s'absenter quelques instants et elle voudrait que tu veilles sur Katie. Elle a ajouté que tu comprendrais.

La fille se fendit d'un petit sourire en coin.

— Où est Roxy ?

— On parlait de Jen et elle a fondu en larmes. Elle est allée se remaquiller.

— Parfait.

Michelle la jaugea des pieds à la tête.

— Elle va bien ?

— Oui. Elle avait simplement besoin de se rafraîchir.

Michelle poussa un profond soupir.

— Rien ne sera plus comme avant. Pauvre Jen. Nous l'aimions beaucoup. C'est… c'est absurde. Je n'arrive toujours pas à y croire.

Sydney décida de s'engouffrer dans la brèche.

— Tu penses que… Katie ?

— Katie, elle est complètement soûle ! Je l'aurais déjà renvoyée dans sa chambre si ça n'avait tenu qu'à moi.

Michelle hocha résolument la tête.

— Il ne manquerait plus que Doug vienne traîner dans les parages…

— Ils ne s'entendent pas ?

Le cas semblait moins grave que prévu.

— Je préfère ne rien dire.

La musique reprit pour le plus grand plaisir des invités. Sydney abandonna Michelle et repartit en quête de nouvelles informations.

Elle avisa un groupe dansant à l'autre extrémité de la pelouse. Francie semblait la reine de la fête. Sydney resta quelques minutes à regarder le spectacle avant de remarquer Ashley, elle aussi absorbée dans la contemplation des danseurs.

— Hé, salut ! Comment tu vas ? demanda Sydney en venant la retrouver.

Ashley la foudroya du regard.

— Bonsoir.

— Super fête.

— Il faut aimer, répliqua-t-elle en secouant tristement la tête. Je me demande pourquoi les mecs sortent toujours en meute et pourquoi ils ne boivent rien d'autre que de la bière. Et ces torches qui empestent l'essence. On se croirait sur un parking de supermarché.

Sydney éclata de rire. Ashley était toujours aussi hautaine et désagréable mais il fallait bien avouer que cette fois-ci elle n'avait pas tout à fait tort.

— J'ai déjà essuyé une attaque en règle de Maxwell, reprit-elle. Quelle plaie, ce type !

Ashley tourna la tête et fixa Sydney dans les yeux.

— Je dois avouer que je ne le porte pas vraiment dans mon cœur, souffla-t-elle. Quelqu'un a prétendu le contraire ?

— Non !

Pour la seconde fois depuis le début de la soirée, Sydney réalisa, à ses dépens, que tout le monde se connaissait et qu'elle ignorait la nature des relations qui liaient les uns aux autres. Il lui faudrait se montrer plus diplomate à l'avenir.

— J'espère bien, répliqua sèchement Ashley, toujours sur la défensive.

— Roxy m'a parlé de Jen. Elle était très aimée.

Le visage d'Ashley resta de marbre. Elle continuait à regarder les danseurs.

— Elle avait l'air super sympa, reprit Sydney.

— Ça dépendait avec qui.

Sydney se contenta de relever l'information, se demandant ce qu'il fallait comprendre.

— Elle était trop snob ? hasarda-t-elle.

— Pas vraiment. Non, elle…

Ashley ne finit pas sa phrase.

— Bon, tu m'excuseras, mais j'ai encore plein de gens à voir.

Elle tourna les talons et s'éloigna sans ajouter un mot. Sydney la vit aborder une fille visiblement éméchée, les cheveux en bataille.

C'est sans doute Katie, pensa Sydney.

La tête commençait à lui tourner, toutes ces questions, la foule, la musique, la fumée des torches…

Et Maxwell qui revenait à la charge.

— Alors, poupée, lança-t-il en se plantant devant elle.

Sa chemise était maculée de taches de gras. Il était maintenant aussi sale que mal élevé.

— Dis à papa ce qui te ferait plaisir.

Ce qui me ferait plaisir, c'est de te voir disparaître sous terre.

— Tu veux vraiment savoir ? répondit-elle en résistant à la tentation de l'envoyer bouler. J'aimerais que tu te montres plus tendre avec Ashley.

— Ashley ! éructa-t-il. Madame « Je fais la tronche ». Non, toi, tu me plais…

Sans doute parce que tu ne te doutes pas de la joie que j'éprouverais à te démolir le portrait, pensa-t-elle.

— J'adore ton T-shirt, ajouta-t-il en tendant la main.

Sydney l'attrapa par le poignet pour arrêter son geste.

— Tu me fais mal ! protesta-t-il.

— Première leçon. N'essaie jamais de me toucher sans y avoir été autorisé. Compris ?

— Je peux ? demanda-t-il avec un large sourire en ignorant la menace.

Elle repoussa sa main, dégoûtée.

— Tu es du coin ? poursuivit-il. On pourrait se retrouver tout à l'heure.

— Tu rêves. Maintenant, laisse-moi tranquille.

Elle le planta là, comme Ashley avait fait avec elle quelques instants auparavant.

Je fais mon petit effet, on dirait, pensa-t-elle en jetant un discret coup d'œil par-dessus son épaule pour s'assurer qu'il ne l'avait pas suivi.

Sydney se dirigea vers la poterne au fond du jardin. Elle voulait être seule quelques instants pour faire le point. Elle avait progressé dans son enquête en apprenant que Jen était largement appréciée dans la confrérie.

Tout le monde l'aimait sauf Ashley, poursuivit-elle en remontant l'allée bordée d'arbres qui longeait la propriété. *Ce qui ne suffit pas à faire d'elle un assassin. D'après ce que j'ai compris, il s'agirait plutôt d'une affaire de…*

Un bruit derrière elle venait d'attirer son attention. Une main lui agrippa l'épaule.

Sans réfléchir, Sydney bascula sur le côté et envoya son poing au hasard pour déstabiliser son agresseur. Elle savait maintenant qu'elle était capable d'envoyer au tapis n'importe quelle grosse brute.

À sa grande surprise, l'inconnu dévia le coup. Entraînée par son élan, Sydney faillit s'étaler de tout son long.

— Doucement ! souffla Noah Hicks en l'aidant à se rétablir. Tu as manqué de sang-froid. Je n'avais plus qu'à te finir.

— C'est ce que tu crois, rétorqua-t-elle.

— Ne sois pas de mauvaise foi.

Inutile de discuter, il avait absolument raison. C'était justement ce qui l'énervait le plus.

— Qu'est-ce que tu fais là ? demanda-t-elle. Tu m'espionnes ?

— Tu sais ce que c'est. Je ne veux pas perdre la main.

Il s'essaya à son fameux sourire enjôleur, celui qui le faisait plus ressembler à un play-boy de calendrier qu'à un agent du SD-6, mais Sydney n'était plus preneuse. Elle avait renoncé à toutes ses illusions sur ce type.

Depuis notre retour de Paris, il me traite comme si j'étais une grosse nulle. Et voilà qu'il me fait son grand numéro de charme. Il y a anguille sous roche.

Noah parut lire dans ses pensées. Le sourire s'évanouit aussi vite qu'il était apparu. Il se passa nerveusement la main dans les cheveux.

— Tu n'es pas contente de me revoir ? demanda-t-il.

— Ça flatterait ton ego ? Tu crois que je passe mes journées à me morfondre en attendant que tu me remarques ?

Ses traits se durcirent.

— Je croyais.

— Tu délires !

Elle avait été à deux doigts de lui répondre qu'elle fréquentait un autre garçon et que Paris était maintenant de l'histoire ancienne. Ce qui était archi faux. Il n'aurait pas fallu grand-chose pour qu'elle retombe dans ses bras.

Mais était-ce ce qu'il voulait ? Son petit doigt lui disait que c'était bien elle qu'il était venu voir.

Il pointa son T-shirt du doigt.

— AKK, maintenant ?

— Wilson ne t'a rien dit ?

— Il est au parfum ? Ce n'est pourtant pas le genre de bonhomme à marcher dans ces combines.

Sydney fronça les sourcils. Il n'avait pas l'air au courant de la mission.

— Ça m'épate, ajouta-t-il avant qu'elle ait eu le temps de réagir. Ce n'est pas un truc pour toi. Tu te vois jouer les petites pimbêches et tout le tralala…

Elle aurait dû laisser filer mais le mot l'avait choquée.

— Les petites pimbêches ?

— Enfin, tu me comprends.

— Pas vraiment.

Elle lui tourna le dos et repartit en direction de la maison. Noah la suivit.

— Ne me dis pas que c'est sérieux, lança-t-il dans son dos. Je ne te crois pas. C'est idiot.

— Tu as raison. D'ailleurs, tu m'as toujours prise pour une idiote.

— Je suis venu te parler.

— C'est fait.

Ils avaient atteint la porte. Sydney franchit le seuil. Noah ne la suivrait jamais à l'intérieur de la propriété. Il y avait trop de monde.

— Sydney ! appela-t-il.

Elle marchait d'un bon pas pour retrouver le bruit, la musique et la fumée des torches. Elle voulait réintégrer la normalité, un univers dans lequel Noah n'avait aucune place.

Roxy l'attendait dans l'allée. Elle s'était remaquillée et souriait d'une oreille à l'autre.

— Ton petit ami ? demanda-t-elle en désignant Noah du menton.

Sydney se retourna juste à temps pour le voir disparaître dans la nuit.

— Ce n'est pas toujours évident, répliqua-t-elle, dépitée.

Roxy éclata de rire.

— Je sais ce qu'il te faut.

Passant son bras autour de l'épaule de Sydney, elle la ramena vers le buffet.

*
* *

Lorsque Sydney sortit de la salle de bains, Francie était assise dans son lit, une calculette à la main.

— Je n'y arriverai jamais, gémit-elle en appuyant fébrilement sur les touches. Kira veut l'argent du voyage demain.

Puis, jetant un coup d'œil à son réveille-matin :

— Enfin, aujourd'hui, corrigea-t-elle en bâillant.

— Je pensais que tu avais décidé d'emprunter, s'étonna Sydney en se séchant les cheveux avec sa serviette.

Francie brandit le minuscule écran à cristaux liquides.

— Tu as vu les taux ! Et si je vide mon compte, il ne me restera rien pour rembourser.

— Je t'ai proposé de te prêter de l'argent.

— Ça ne change rien, ma chérie. Tu ne reverras

jamais tes sous. Non, c'est impossible, geignit Francie au bord des larmes.

— Ne sois pas bête.

Une grosse larme roula sur sa joue.

— Il faut être réaliste.

— Ne fais pas l'enfant.

Impulsivement, Sydney ouvrit le dernier tiroir de son bureau et en tira une petite boîte – les fonds d'urgence alloués par Wilson.

À utiliser en cas de pépin, pour assurer votre sécurité ou si votre couverture est mise à mal, avait-il précisé en lui tendant la liasse de billets de cent dollars. *Les espions n'ont pas toujours le loisir de passer au guichet.*

Sydney compta huit coupures et les tendit à son amie.

— Ça ira ?

Francie resta bouche bée, puis, se souvenant qu'il fallait respirer, prit une profonde inspiration.

— Tu gardes tout ce fric dans un tiroir ?

— Je l'ai retiré de mon compte au cas où nous en aurions besoin pour le voyage, mentit Sydney en s'empressant de refermer la boîte avant que Francie ait eu le temps de regarder à l'intérieur. L'essentiel, c'est que ce soit arrangé. Tu me rembourseras quand tu pourras.

Elle s'était attendue à ce que Francie lui tombe dans les bras, mais celle-ci continuait à la dévisager d'un air soupçonneux.

— Tu as réussi à économiser tout cet argent en grattant du papier à la banque ?

— Il y a aussi quelques anniversaires.

— Mais tu étais complètement fauchée au début de l'année. Ratissée.

— Eh bien, tu vois… je ne le suis plus. Je pensais te faire plaisir, mais si…

Sydney tendit la main pour reprendre les billets mais Francie les serra contre son cœur.

— Tu parles si je suis heureuse. Je ne m'attendais pas… Merci, merci encore. Je te le rends dès que possible.

— Pas de problème, répliqua Sydney en se glissant dans son lit.

Elle éteignit la lumière.

Wilson lui donnerait encore un joli paquet d'argent pour couvrir les frais du voyage.

Quant à Francie, il y avait fort à parier qu'elle pèserait longtemps le pour et le contre avant de dépenser le moindre centime.

4

— C'est magnifique ! s'exclama Francie en découvrant le hall somptueux du Waikiki Princess.

Sydney acquiesça timidement. Quarante-cinq filles en T-shirt rose portant l'inscription ALPHA ALOHA se pressaient devant la réception. Ses yeux allaient de l'océan turquoise, à leurs pieds, au verdoyant jardin qui abritait la piscine, en passant par les splendides arrangements floraux ornant le hall. Les filles, excitées comme des puces, parlaient toutes en même temps. Roxy, chargée de la distribution des clés, avait un mal de chien à se faire entendre.

— Doucement, doucement, répétait-elle. Les petits gars de l'aéroport vous ont mises dans un drôle d'état…

La fin de la phrase disparut sous un tonnerre de cris et d'applaudissements. En effet, une demi-douzaine de superbes hawaïens en paréo les avaient accueillies à leur descente d'avion avec des colliers de fleurs. Les filles avaient apprécié.

Pour tout dire, l'ambiance avait été chaude pendant tout le voyage. Les hôtesses avaient été rapidement débordées. Amanda s'était enfermée aux toilettes d'où elle était ressortie avec des cheveux roses. Plusieurs filles avaient voulu l'imiter. Celles en âge de consommer de l'alcool avaient bu verre sur verre. Ayant à peine eu le temps de dégriser pendant le transfert à l'hôtel, elles se tenaient maintenant bras dessus bras dessous, affichant des sourires béats.

— Écoutez-moi, poursuivit Roxy en élevant la voix. Plus tôt vous aurez les clés et plus tôt vous pourrez descendre à la plage.

Un nouveau tonnerre d'applaudissements salua l'intervention. Roxy put commencer la distribution, à raison d'une chambre pour deux. Sydney et Francie se retrouvèrent ensemble.

— Je croyais que tu nous mettrais avec des anciennes pour nous familiariser avec les usages de la confrérie, objecta Sydney.

Et travailler plus facilement sur la mort de Jen, ajouta-t-elle pour elle-même.

Roxy fit la grimace.

— Rien ne presse, rétorqua-t-elle. Vous serez beaucoup mieux ensemble.

Sydney jugea qu'il valait mieux ne pas insister. Elles s'éloignèrent en silence. Francie semblait froissée.

— Tu ne veux pas que nous partagions la même chambre ? demanda-t-elle, glaciale.

— Il ne s'agit pas de ça, tenta de la rassurer Sydney. Avoue que nous nous connaissons par cœur… J'ai pensé que ce serait sympa de se faire d'autres copines.

— Libre à toi, pleurnicha Francie en empoignant sa valise puis se dirigeant résolument vers les ascenseurs.

— Francie ! s'écria Sydney en s'élançant à sa poursuite. Je veux que nous restions ensemble. Vraiment.

— Tu crois ?

— J'insiste. Regarde, les filles descendent déjà à la plage. On pourrait aussi aller à Honolulu, si tu préfères. Rien n'a changé entre nous. Nous avons tout le temps pour faire de nouvelles connaissances. Il y a la petite fête de ce soir…

— Réponds d'abord à ma question. Veux-tu ou pas partager ta chambre avec moi ?

— Si tu me laisses le temps de prendre mes bagages.

Francie haussa les épaules avant de sourire.

— Marché conclu. Dépêche-toi.

*
* *

— C'est le paradis, ici, soupira Sydney en sirotant son cocktail de fruits agrémenté d'une petite ombrelle verte.

Elle n'avait jamais goûté quelque chose d'aussi bon. Sydney se sentait en harmonie avec le monde à contempler le Pacifique qui s'étalait à ses pieds depuis la terrasse du Waikiki Princess.

— Même l'air que l'on respire paraît différent, répliqua Roxy en tirant sur sa paille.

Ce soir, elle portait une robe légère imprimée, ses cheveux retombant en douces vagues sur ses épaules.

— Tout est différent.

L'atmosphère d'Oahu était plus chargée d'humidité qu'à L. A. mais l'air était moins étouffant.

— J'ai l'impression de me trouver sur une autre planète, poursuivit Roxy en fixant le somptueux panorama qui s'étendait devant elle.

Le Waikiki Princess n'était pas ouvert depuis longtemps, mais ses soirées du samedi étaient déjà recommandées dans tous les guides touristiques. Le chef ne reculait pas devant la dépense et préparait toutes sortes de poissons et de fruits de mer servis dans des feuilles de bananier. Des tables somptueusement décorées avaient été dressées au bord de la piscine. Une petite scène avait été montée près de la petite cascade du fond. De la plage, à quelques dizaines de mètres sur la gauche, montait le fumet douceâtre d'un cochon en train de griller.

— Vous êtes là ! lança Francie. On vous cherchait partout.

Francie et Keisha étaient accompagnées de Gretchen et d'Émily, deux sœurs que Sydney avait rencontrées sur la plage cet après-midi. Les quatre nouvelles arrivantes – comme toutes les filles de l'association, Roxy et Sydney comprises – portaient d'amples robes légères à grosses fleurs tropicales. Les colliers d'orchidées reçus à l'aéroport avaient fait leur réapparition, après un court séjour – pour les maintenir vivaces – dans les réfrigérateurs installés dans les chambres.

— J'ai hâte de goûter la cuisine locale ! s'exclama Gretchen. Je n'ai jamais mangé hawaïen.

Keisha sourit en évoquant sa propre expérience.

— La plupart des gens n'essaient pas une seconde fois.

— J'ai acheté des chips tout à l'heure, elles étaient drôlement bonnes, protesta Francie.

— Aussi bonnes que chez nous ? demanda Keisha.

— Différentes.

— Tu ne connais pas encore leur sauce, une sorte de colle pourpre.

Gretchen paraissait de plus en plus inquiète.

— J'imagine que le cochon est mangeable, bredouilla-t-elle.

— Excellent, la rassura Roxy. Tu verras.

— En l'accompagnant de ketchup, suggéra Émily.

Sydney souriait aux anges en suivant ses nouvelles amies au bord de la piscine. C'était peut-être dû au décalage horaire, ou à une trop longue exposition au soleil, mais elle ne s'était jamais sentie aussi détendue. Après tout, appartenir à une confrérie n'était pas une expérience aussi ennuyeuse qu'elle l'avait imaginé. Au contraire, c'était plutôt agréable.

Le soleil descendait rapidement sur l'horizon, embrasant le ciel au-dessus de l'océan. Les torches illuminaient la flore luxuriante de leurs flammes orange et bleu. Tout semblait plus exubérant qu'en Californie : la senteur des fleurs, la brise marine. Des silhouettes se glissaient dans l'ombre et commençaient à s'agglutiner au bord de la piste de danse.

Une poursuite éclaira subitement la scène. Un tambour commença à scander un rythme tribal à vous donner la chair de poule. Peu de temps après, une troupe de danseurs, en costume traditionnel, faisait son entrée. La foule se porta en avant pour assister au spectacle.

— C'est super sympa, souffla Francie.

Sydney sourit d'une oreille à l'autre.

— Je suis heureuse que tu sois là.

Sur le plateau, une dizaine de danseuses vinrent rejoindre leurs partenaires. Le tambour battait de plus en plus rapidement. Puis un homme en costume bondit sur scène, un micro à la main.

— Aloooooooooooh-ha ! lança-t-il en direction de l'assistance.

— Aloooooooooooh-ha ! répondit celle-ci dans le même élan.

— Mesdames et messieurs, *vahines* et *kanes*, soyez les bienvenus à notre petite fête. Le dîner est servi !

Le tambour se tut. Quatre hommes fendirent la foule, portant un magnifique porc grillé sur leurs épaules. Les spectateurs applaudirent avant de gagner leurs tables. Sydney et Francie s'installèrent avec des filles de la confrérie, dont la plupart leur étaient parfaitement inconnues. Sydney fut heureuse de voir Roxy rejoindre leur groupe.

Les plats se succédèrent. Il y avait de tout, du cochon grillé, bien entendu, mais aussi des patates douces, du poisson servi dans des palmes, des crevettes, des beignets frits et des desserts. Sydney mangeait prudemment, au cas où elle devrait intervenir le soir même, mais c'était si délicieusement bon. Les langues se délièrent à la fin du repas.

— J'arrête avant d'exploser ! gémit-elle en repoussant son assiette.

— J'espère que tu es encore en mesure de danser, dit Roxy avec un large sourire. Parce qu'une âme bien intentionnée nous a inscrites au cours de hula-hula.

— Qui ? Attends, laisse-moi deviner.

— C'est moi ! répliqua Roxy avec l'air de révéler un énorme secret. Ça se passe sur la scène.

— Le pied.

Keisha leva les yeux au ciel en affichant une moue

dépitée mais Sydney n'y prêta aucune attention. Il était de bon ton parmi les Alpha de ne jamais paraître curieux, inexpérimenté ou intéressé par quoi que ce soit. La technique de Keisha consistait généralement à adopter des mines désabusées ou franchement dégoûtées à la moindre proposition.

Je me demande ce que j'en aurais déduit si je n'étais pas passée par le SD-6, s'amusa Sydney.

Elle avait toujours été assez bonne psychologue, mais elle avait beaucoup appris sur le comportement humain en suivant les stages de la CIA.

Les serveurs commencèrent à débarrasser les tables.

— Quand est-ce que ça commence ? demanda Francie.

— Tout de suite, répondit Roxy.

Elle se leva et entreprit d'aller de table en table pour demander aux filles de la confrérie de se poster au pied de la scène. D'après leurs réactions, elles n'étaient pas plus au courant que Sydney de l'initiative de Roxy. Elles obéirent sans discuter.

La présidente rejoignit le groupe en compagnie de Kira et de trois danseuses professionnelles. Sydney, Roxy, Kira, Alyssa et Val se retrouvèrent en première ligne.

— Le hula-hula n'est pas une danse comme les autres. Nos corps racontent une histoire, expliqua le prof. Il s'agit d'une tradition très ancienne qui doit être pratiquée avec tout le respect nécessaire.

— Je n'aurais jamais dû prendre deux desserts, se plaignit Katie au dernier rang.

Sydney avait enlevé ses sandales et essayait, pieds nus, de reproduire les pas enseignés par les danseurs du cru. Elle commençait à éprouver les premières sensations quand Roxy se pencha à son oreille.

— Ashley nous quitte, souffla-t-elle en pointant son pouce par-dessus son épaule. Elle file en douce.

Sydney se retourna juste à temps pour la voir se glisser dans l'ombre de l'hôtel.

— Elle a peut-être une envie pressante.

Roxy secoua la tête.

— Elle fait ça tout le temps. Elle s'éclipse, comme si elle avait honte de nous.

— Et où va-t-elle ?

Roxy haussa les épaules.

— Je n'en sais rien. Elle croit sans doute que je n'ai pas remarqué son petit manège. Mais, au fond, je m'en fiche royalement.

Sydney regarda à nouveau derrière elle. Ashley avait complètement disparu. Elle devait en avoir le cœur net.

— Ah ! gémit-elle, en grimaçant subitement de douleur. Il faut que j'aille aux toilettes. J'ai trop mangé.

— Ça va ?

— Ouais. Je ne serai pas longue.

— J'espère que ce n'est rien, lança Roxy.

Sydney entendit Francie s'inquiéter de son sort alors qu'elle s'éloignait en direction de l'hôtel. Elle espérait que son amie n'allait pas s'élancer après elle. Accélérant le pas, elle atteignit rapidement le hall et se précipita vers le parking. Si Ashley avait l'intention de s'éclipser en ville, elle devait sûrement se trouver dans les parages.

Bingo ! Elle aperçut la silhouette familière longeant la façade à droite de l'entrée. Ashley avait ramené ses cheveux blonds sous un bonnet de marin bleu et portait un coupe-vent sombre, sorti de nulle part, dissimulant sa robe hawaïenne. Sydney sentit son pouls s'accélérer. Un tel comportement était pour le moins suspect. Elle se cacha derrière une colonne, déterminée à découvrir ce qui se tramait. Ashley traversa la rue et prit la direction du nord. Un bus s'arrêta à ce moment dans le virage. Quand il repartit, Ashley s'était évanouie.

Elle est dedans, réalisa subitement Sydney en se lançant à sa poursuite.

Elle avait à peine parcouru une centaine de mètres lorsqu'elle avisa un taxi qui venait de déposer deux touristes d'un certain âge.

— Vous êtes libre ? demanda-t-elle en ouvrant déjà la portière. Je suis très pressée.

— Où allez-vous ? demanda le chauffeur, soupçonneux.

— Je l'ignore, admit-elle.

Il allait repartir quand elle se rua à l'arrière.

— Mon amie est dans le bus. Nous devions nous retrouver mais je l'ai ratée, mentit-elle. Il est parti dans cette direction. Je ne sais pas où la retrouver. Je vous paie le double si vous la rattrapez, ajouta-t-elle en utilisant un vieux truc appris avec Noah.

Et tout comme à Paris, la proposition eut un effet immédiat.

Le chauffeur passa la première et démarra en trombe.

Le bus avait pris de l'avance. Il s'était fondu dans le flot de la circulation. Ils roulaient déjà depuis un moment. Sydney espérait de toutes ses forces qu'Ashley n'était pas descendue à un arrêt précédent, quand, au détour d'une rue, elle aperçut le véhicule en stationnement. Une fille en bonnet bleu et en imper sombre remontait le trottoir.

— C'est elle, s'exclama-t-elle. C'est mon amie. Laissez-moi là.

— Ici ? répliqua-t-il en fronçant les sourcils.

— Pourquoi pas ? s'étonna-t-elle, agacée, en tirant un billet de vingt dollars de son soutien-gorge. Il y a un problème ?

— Nous sommes à Chinatown et, si je peux me permettre, ce n'est pas un endroit où il fait bon traîner, surtout habillée comme vous l'êtes.

— Ne vous inquiétez pas pour moi. Je suis assez grande pour me défendre, ajouta-t-elle en lui tendant l'argent.

Elle sortit du taxi. Le chauffeur parut hésiter un instant. Puis il haussa les épaules et repartit.

Ashley venait de disparaître dans la rue à droite. Elle ne semblait pas se douter qu'elle était filée. Sydney n'en restait pas moins à distance raisonnable, prête à bondir sous le premier porche venu. Quand Ashley tourna dans Hotel Street, Sydney fut définitivement convaincue qu'il se tramait quelque chose d'important. Cette rue incarnait dans tous les guides l'épicentre de la prostitution et du crime. Il lui paraissait inconcevable qu'Ashley puisse fréquenter ce genre d'endroit.

À moins qu'elle ne cherche un bon tatoueur, pensa Sydney en longeant la vitrine violemment éclairée d'un salon spécialisé dans cet art.

Ashley tourna dans une petite rue sombre et s'arrêta

devant un entrepôt délabré. Elle sortit un papier de sa poche et vérifia une dernière fois l'adresse avant de pousser la porte.

Envolée, pensa Sydney. *Je ferai bien de prendre quelques repères.*

Elle se glissa dans la ruelle et longea le bâtiment à la recherche d'une fenêtre, jugeant trop risqué de passer par la porte. Sydney en découvrit une qui paraissait ouverte, mais elle perdit de précieuses secondes à chercher quelque chose sur quoi grimper pour l'atteindre. Elle avisa une poubelle métallique qui ferait l'affaire et se hissa sans bruit jusqu'à l'ouverture. Ashley était en grande conversation avec deux individus bizarres au centre d'une grande pièce complètement vide, pauvrement éclairée par des bougies.

— *Ça ne me dit rien qui vaille.*

Elle était trop loin pour entendre ce qui se disait et il faisait trop sombre pour distinguer les visages. Les hommes avaient relevé le col de leurs vestes. La bosse près des aisselles semblait indiquer qu'ils étaient armés. Indiscutablement, Ashley fréquentait du beau linge. Sydney se serait plutôt attendue à ce qu'une fille comme elle évite ce genre de rencontre.

Elle semble bien les connaître. Il doit s'agir d'agents secrets !

Sydney continuait à scruter la scène quand les hommes se levèrent pour indiquer que la discussion était terminée. Ils serrèrent la main d'Ashley. Sydney descendit rapidement de son poste d'observation. Elle courut se cacher dans l'encoignure d'une porte de l'autre côté de la rue. Les deux hommes sortirent du bâtiment.

Aucun signe d'Ashley.

Je devrais aller voir, pensa-t-elle, la gorge serrée.

Il y a peut-être une autre sortie ?

À moins qu'ils ne l'aient tuée ?

Elle hésitait encore sur la marche à suivre, quand Ashley apparut sur le trottoir. Elle était souriante et détendue. Elle regarda des deux côtés de la rue puis enfonça son chapeau sur ses yeux et repartit d'où elle était venue sans autrement s'inquiéter d'être suivie.

Cette fille est une professionnelle, jugea Sydney. *Je me suis trouvée une sœur de sang.*

5

Aux premières heures du jour, Sydney, cachée dans un buisson, observait les installations de Pearl Harbor pour planifier la mission qu'elle exécuterait le soir même.

Tout le monde dormait quand elle avait quitté l'hôtel. Ça avait été un jeu d'enfant de se glisser au-dehors. Idem pour la nuit précédente, en rentrant de Chinatown. Personne ne s'était aperçu de son absence.

Enfin, presque personne. Francie s'était fait un sang d'encre, la croyant malade, perdue ou les deux à la fois. Sydney avait dû inventer un gros mensonge. Elle avait prétendu être restée étendue à l'écart en attendant de se sentir mieux. Après tout, elle ne s'était absentée qu'un peu plus d'une heure. Francie avait gobé le morceau, non sans avoir, au préalable, manifesté sa mauvaise humeur.

— Je ne sais pas ce qui t'arrive en ce moment, avait-elle commencé. Je pensais que tu avais été attaquée par des ours.

— À Hawaï ? s'était étonnée Sydney.

— Par des requins, si tu préfères. Je ne sais pas, moi. On dirait que tu me fuis.

— Mais pas du tout !

— Je te trouve bizarre depuis que nous fréquentons ces filles.

— De quoi parles-tu ?

— Tu me délaisses. Je ne te reconnais pas.

— Francie, j'ai simplement dû manger un truc qui n'est pas passé. C'est tout.

Sydney avait promis de ne plus la quitter afin de la rassurer définitivement. Et voilà qu'elle s'était levée à l'aube pour se glisser subrepticement hors de la chambre.

Une chance qu'elle ne se soit pas réveillée, pensa-t-elle en sortant sa paire de jumelles miniatures traitées anti-reflets. Si elle ne rentrait pas trop tard, Francie croirait qu'elle revenait de son footing matinal. Elle n'imaginerait pas un seul instant que sa vieille copine avait loué une voiture, réglé son GPS et parcouru une cinquantaine de kilomètres en longeant la côte.

Sydney s'absorba dans l'observation de l'énorme infrastructure portuaire. Elle ne pouvait pas tout voir d'où elle se trouvait. Elle n'était pas non plus certaine de reconnaître l'endroit où elle aurait à plonger. En venant ici, ce matin, elle désirait simplement prendre quelques repères et se faire une idée de ce qui l'attendait.

Au loin, des navires mouillaient à Ford Island, la grande langue de terre au centre du port, à peu de distance de l'endroit où se trouvait l'*Arizona* lors de l'attaque japonaise. Il devait régner une panique épouvantable ce jour-là. De longues colonnes de fumée noire s'élevant des navires en feu. Les avions qui passaient en rase-mottes dans un vacarme assourdissant.

Des centaines de jeunes Américains s'empressant de rejoindre leurs postes de combat pour défendre leurs vies…

Sydney était plus résolue que jamais à retrouver le prototype du Dr Suler. Le monde avait changé depuis 1941, mais la guerre était toujours aussi abominable. Elle ferait tout ce qui était en son pouvoir pour éviter un second Pearl Harbor. Absolument tout.

L'eau est plutôt sale dans le coin, constata-t-elle à travers ses jumelles. *Pas étonnant que personne n'ait eu la curiosité d'aller voir ce qu'il y avait là-dessous. La visibilité doit être pratiquement nulle. J'aurais à nager un bon moment avant d'arriver sur la zone.*

Elle avait résolu de partir de la route bordant la côte plutôt que d'essayer de s'infiltrer dans la base où elle risquait de se faire repérer assez vite. Il était aussi hors de question d'utiliser un bateau – trop visible.

Il va falloir que je me procure un petit scooter sous-marin, décida-t-elle.

Elle avait déjà travaillé avec ce genre d'engins à l'entraînement. Ce serait l'idéal. Indétectable depuis la rive, elle pourrait se rendre sans trop de fatigue jusqu'au périmètre de plongée.

Ce détail réglé, Sydney revint vers la voiture. L'endroit où elle s'était garée n'était pas totalement invisible depuis la route mais la végétation était assez dense pour offrir une excellente planque. De nuit, sa berline noire serait parfaitement indétectable.

Récapitulons, pensa-t-elle en s'installant au volant. *Il me faut un véhicule sous-marin, un masque, de l'oxygène, une torche, un grand sac… Un couteau ?*

Ça ne pouvait pas faire de mal au cas où elle aurait quelque chose à couper. Ou à tuer.

Comme un requin, par exemple.

Elle frissonna à cette idée. En pleine nuit, dans des eaux aussi troubles, un requin pouvait fondre sur elle avant même qu'elle ait eu le temps de s'apercevoir de sa présence.

Les requins évitent peut-être les ports, essaya-t-elle de se rassurer. *Ils restent au large à dévorer tout ce qui passe.*

Une seconde. Ils adorent les phoques.

Elle frémit de nouveau. La combinaison de plongée noire la ferait ressembler à un de ces mammifères marins…

J'ai une bombe atomique à récupérer, des espions tapis dans tous les coins et une copine qui me fait la tête. Je refuse de me préoccuper des requins.

*
**

— Où étais-tu ? demanda Francie dès que Sydney eut franchi le seuil de leur chambre.

Elle se tenait assise dans son lit défait, portant une petite robe rose et un chapeau de paille attaché dans le dos.

— Nous allons être en retard au petit déjeuner.

— Je vais me dépêcher, promit Sydney, en refermant la porte. Je prends une douche rapide, je me change et on descend. Cinq minutes. Pas plus.

— La moitié des filles sont déjà en bas, geignit Francie. Le buffet est dressé au bord de la piscine, ce matin.

— Vas-y. Je te rejoins immédiatement.

Sydney se précipita sur sa valise pour prendre des affaires propres. Elle était trempée.

— Je ne veux pas y aller sans toi, poursuivit Francie. Ces derniers temps, tu es toujours absente.

— C'est faux.

— C'est en tout cas l'impression que j'ai. Tu ne restes pas une seconde en place depuis notre arrivée.

Sydney referma sa valise.

— C'est possible. Mais il y a les autres filles et plein de choses à faire. Tu t'ennuies ?

— Un peu. Nous pourrions aller faire un tour après le petit déjeuner. Rien que toutes les deux.

— Plus vite j'aurai pris ma douche et plus vite nous serons dehors.

Francie l'encouragea à se presser. Sydney se rua dans la salle de bains. Tout en se savonnant, Sydney essaya d'analyser le comportement de sa meilleure amie.

Elle pense que je ne suis plus moi-même depuis notre arrivée à Hawaï.

Elle se plaignait aussi continuellement – à propos de l'argent, des sorties, des autres sœurs. Ça ne lui ressemblait pas du tout. Comme si Sydney la délaissait. Elle ne s'était jamais montrée aussi collante.

On dirait qu'elle est jalouse, réalisa Sydney.

À part Todd, avec qui elle s'entraînait à la course, Sydney n'avait pas d'autres amis à la fac. Francie était sa meilleure copine, sa confidente, sa camarade de chambre. Elles étaient très proches l'une de l'autre depuis leur première rencontre.

— J'ai presque fini ! lança Sydney, émue par ce qu'elle venait de comprendre.

— Ouais, grommela Francie. Tu ne te sèches pas les cheveux avant de descendre ?

— Je ne veux pas te faire attendre. On y va !

*
* *

Sydney était la seule à porter les cheveux mouillés. Elle était aussi la seule à porter un simple short en jean, un T-shirt et aucun maquillage. Elle commençait à penser qu'elle avait commis une grossière erreur en quittant sa chambre dans cette tenue.

— J'aurais dû me sécher la tête, souffla-t-elle à Francie en s'approchant du buffet. Mon Dieu. Je pensais que tout le monde serait en maillot de bain.

Francie secoua tristement la tête.

— Tu plaisantes ? Tu ne vois donc rien ?

— Voir quoi ?

— Ces uniformes ! soupira Francie. Ces nanas portent des uniformes pour chaque occasion. Le problème, c'est que personne ne nous a mises au courant.

— C'est complètement dingue ! s'exclama Sydney, dépitée.

Elle regarda autour d'elle. Toutes les filles – à l'exception de Roxy qui continuait à marquer sa différence – portaient une petite robe courte et un chapeau de soleil à larges bords.

— Tu le savais ? demanda-t-elle à Francie.

— Je constate.

Sydney la dévisagea d'un air sceptique.

Francie esquissa un petit sourire gêné.

— J'ai surpris une conversation hier soir.

— C'est gentil de m'avoir prévenue.

Sydney prit un plateau pour se servir. Elle évita les œufs brouillés, le bacon et autres charcuteries pour ne prendre qu'un assortiment de fruits frais.

— Je vais nous dégotter une table, dit-elle en s'éloignant.

Elle se dirigea droit sur Ashley.

Miss Impeccable portait un autre de ses ensembles roses immaculés. Elle fit une petite moue dédaigneuse en jaugeant Sydney des pieds à la tête.

— Tu t'es couchée trop tard ? lança-t-elle avec son inimitable accent des beaux quartiers.

Sydney avait toujours trouvé ces chichis insupportables mais elle se demandait maintenant si cette façon de parler ne cachait pas autre chose : un accent étranger, par exemple.

— Je pourrais te renvoyer la question, répliqua-t-elle.

Ashley pâlit.

— Qu'est-ce que tu veux dire par là ?

— Je t'ai vue t'éclipser du cours de hula-hula. Et tu n'es plus réapparue après. Un rendez-vous galant ?

— Ce ne sont pas tes oignons, aboya-t-elle.

Elle se leva et, faisant claquer ses sandales griffées sur le marbre de la terrasse, partit s'installer à une autre table.

— Waou ! dit Francie. On dirait que tu t'es fait une copine.

— Ouais, renchérit Katie dans leurs dos. Ashley est plutôt susceptible.

Sydney haussa les épaules.

— J'ai dans l'idée que cette fille ne se prend pas pour n'importe qui.

Katie éclata de rire.

— C'est le moins que l'on puisse dire.

— Sydney ! intervint fébrilement Francie. Je ne pense pas que ce soit une excellente idée de se mettre Ashley à dos.

— Mais je n'ai rien fait. Je lui ai simplement posé une question, répondit-elle en feignant l'innocence.

Elle n'avait jamais cru qu'elle répondrait. Mais bousculer Ashley ne pouvait pas faire de mal. Au contraire, mieux valait éviter de se laisser surprendre une seconde fois.

— Ne vous inquiétez pas, embraya Katie. Ashley peut bouder dans son coin tant qu'elle voudra. Du moment que Roxy vous a à la bonne. C'est la seule chose qui compte.

*
* *

Elles venaient à peine de rentrer de leur promenade, Francie était encore sous la douche, quand le portable sécurisé du SD-6 se mit à sonner. Sydney se précipita pour fouiller dans ses affaires.

— Allô ? murmura-t-elle en espérant que le bruit de l'eau empêcherait Francie d'entendre la conversation.

— Salut, répondit une voix d'homme à l'autre bout. C'est moi. Noah.

— Noah ?

Elle se laissa tomber sur le lit, abasourdie.

— Écoute, poursuivit-il. Je ne sais pas ce qui t'a pris l'autre soir mais il faut qu'on parle.

— Je… tu n'aurais pas…

Elle était tellement surprise de l'entendre qu'elle n'arrivait pas à rassembler ses esprits.

— Tu m'as énervée, lâcha-t-elle.

— Ouais. J'ai cru comprendre.

Elle y était peut-être allée un peu fort.

— Pourquoi ne m'as-tu pas dit que tu étais en mission ? ajouta-t-il. Les choses auraient été plus claires.

— Je sais, soupira-t-elle. Mais… il y avait tout le reste.

— Je sais.

— Vraiment ?

C'était la première fois qu'il reconnaissait une faiblesse.

— J'ai appris que tu étais à Hawaï, poursuivit-il en changeant de sujet. Je suis vert de jalousie.

— Tu peux, c'est très beau. Nous avons pris le bus ce matin avec Francie pour nous rendre à Diamond Head. Puis nous nous sommes baignées à Hanauma Bay parmi les poissons. C'est une réserve protégée.

— Je croyais que tu n'aimais pas nager.

— Pas dans la Seine.

— Ni dans un tunnel.

— L'eau était répugnante. J'essaie peut-être d'oublier ce que tu m'as fait subir en barbotant dans une mer cristalline.

Ils éclatèrent ensemble de rire. C'était agréable d'évoquer ces souvenirs communs. La douche continuait à couler bruyamment et Noah était l'une des rares personnes au monde à connaître sa seconde vie.

— Où êtes-vous logées ? demanda-t-il. Au Royal Hawaïen ?

— Non. Au Waikiki Princess. C'est tout neuf.

— J'en ai entendu parler. Il paraît que c'est super.

— Il y a donc des endroits où tu n'es pas allé ?

— Exact, je n'ai jamais appartenu à une confrérie, répondit-il pour la taquiner.

— Tu me manques, lança brusquement Sydney sans réfléchir.

Elle s'en voulut immédiatement. C'était la dernière chose à dire.

Mais Noah la surprit à nouveau.

— Tu me manques aussi, avoua-t-il.

6

— C'est quoi cette réunion ? demanda Francie alors qu'elles sortaient de l'ascenseur avant de traverser le hall.

— Je ne sais pas. Roxy a simplement demandé de la rejoindre à quatre heures au salon Aloha.

Francie consulta sa montre.

— Elle n'a rien précisé ?

— Tu la connais. Ce n'est pas la reine du protocole.

Sydney venait à peine de raccrocher avec Noah que Roxy avait appelé sur la ligne de l'hôtel pour les informer du changement de programme. Francie avait à peine eu le temps de se sécher les cheveux. Ni l'une ni l'autre n'avaient la moindre idée de la tenue réglementaire exigée lors de ces rencontres impromptues. Elles avaient opté pour des robes à fleurs, en croisant fortement les doigts.

Le salon Aloha se trouvait à gauche de la réception.

— Il s'agit peut-être d'un nouveau jeu, suggéra Francie.

— Peut-être.

Sydney n'était pas très emballée par cette perspective. Elles avaient joué au jeu de la vérité après le petit déjeuner. Heureusement pour elle, les questions avaient toutes porté sur des détails sans importance : la marque de gâteaux préférée, le nom du premier petit ami. Brian Peters en l'occurrence. Il aurait été autrement plus intéressant de pousser plus loin. Dire la vérité était inimaginable, mais elle aurait poussé les autres filles dans leurs derniers retranchements.

— Je pense qu'Émily va tout faire pour gagner cette fois-ci, dit Francie à voix basse.

— Je suis d'accord avec toi. Remarque, si ça peut lui faire plaisir.

Les deux amies échangèrent un sourire complice. Elles étaient de nouveau sur la même longueur d'ondes. Mais Sydney avait la tête ailleurs. Elle pensait à Noah.

C'est tout à fait lui. Il est adorable quand il est absent et imbuvable quand il est là, pensa-t-elle avec amertume.

Il avait pourtant fait des progrès. C'était la première fois qu'il lui avouait ses sentiments.

À l'intérieur du salon Aloha, la plupart des filles attendaient déjà, gentiment installées sur leurs chaises. Roxy se tenait debout en face d'elles, dansant d'un pied sur l'autre. Elle semblait impatiente de commencer. Dès qu'elle aperçut Sydney, ses traits se détendirent.

— Qui n'est pas encore arrivé ? demanda-t-elle à Kira qui délivra quatre noms, dont celui d'Ashley.

— Quelle heure est-il ? ajouta-t-elle.

— Quatre heures cinq.

— Je pense qu'il est inutile d'attendre davantage.

Roxy interrogea l'assistance du regard et celle-ci parut approuver la décision.

— Je suis d'accord, lança Keisha. D'autant qu'il fait un temps splendide et que nous serions mieux dehors.

— Dans ce cas, allons-y, reprit Roxy, les yeux pétillant de malice. Je vous annonce que nous partons en croisière !

Les questions fusèrent.

— Où allons-nous ? demandèrent plusieurs voix à l'unisson.

— Nulle part, répondit Roxy en éclatant de rire. Il s'agit simplement de passer la soirée à bord d'un grand catamaran. Nous avons de la chance. J'ai réussi à réserver quarante-cinq places à la dernière minute. Repas aux chandelles en haute mer, open bar et dancing. Le pied !

Les filles étaient tout excitées. D'autant qu'il n'y avait rien de prévu au programme initial.

— Reste un petit détail à régler, ajouta Roxy, ravie de l'enthousiasme suscité par sa proposition. Kira a eu l'amabilité de nous avancer l'argent sur sa carte de crédit. Nous lui devons chacune cent cinquante dollars. Je crois que tu préfères être remboursée par chèques, Kira ?

— Ce serait mieux. Mais j'accepte aussi les espèces. Un minimum. Je ne veux pas me promener avec trop de liquide.

— Je vous laisse vous arranger entre vous, reprit Roxy. En attendant, la navette partira à six heures moins le quart de l'hôtel. Le bateau appareille une demi-heure plus tard. Rendez-vous donc à six heures moins vingt au plus tard dans le hall. Y a-t-il des questions ?

Personne ne leva la main.

— La séance est levée.

Toutes les filles se précipitèrent vers Kira pour payer leur part ou coururent après Roxy pour glaner d'autres informations. Sydney et Francie échangèrent un regard désabusé avant de quitter la pièce.

— Encore de l'argent, pesta Francie. Je ne sais pas où je vais le trouver.

— Ça commence à revenir cher, admit Sydney.

Mais son problème était ailleurs. Elle avait décidé d'accomplir sa mission le soir même. Or, elle allait se retrouver coincée en mer pour un temps indéterminé. Il lui serait difficile de rejoindre Pearl Harbor à temps.

— Le problème, avec cette confrérie, poursuivit Francie comme si elle lisait dans les pensées de sa copine, c'est que nous ne pouvons pas disposer de notre emploi du temps. J'ai l'impression de passer mes journées à courir après tout et n'importe quoi. L'argent, les filles, les fringues…

— Nous n'avons pas encore pris nos marques. Les choses devraient s'arranger.

— J'espère, grommela Francie.

*
* *

— C'est plutôt agréable, après tout, reconnut Sydney en se tournant vers Francie.

Devant elles, l'océan Pacifique s'enflammait au couchant. Le catamaran glissait sur l'eau avec une grande douceur.

— J'espère que nous allons bientôt passer à table, répliqua Francie en jetant un coup d'œil par-dessus son épaule.

Sydney suivit son regard. Les filles, massées au bar, s'envoyaient cocktail sur cocktail. Les hommes présents sur le navire n'avaient pas tardé à les repérer et l'alcool coulait à flots.

— Je ne pourrai pas boire de ces machins bleus, reprit Francie. On dirait du produit WC.

— Dis-le à Ashley, suggéra Sydney qui n'avait pas perdu sa rivale de vue depuis l'embarquement. Je suis certaine que ça lui fera plaisir.

L'espionne supposée en était à son quatrième verre. Il ne se passerait rien cette nuit. Sydney pouvait se détendre. Elles étaient toutes les deux coincées à bord.

Des serveurs volèrent de groupe en groupe pour annoncer que le dîner était servi. Les passagers se dirigèrent vers le salon où un buffet avait été dressé. Roxy renonça rapidement à rassembler les filles. Chacune s'installerait à la table de son choix. Les conversations et les éclats de rire, répercutés contre les murs, obligeaient à parler de plus en plus fort. Les garçons se démenaient comme de beaux diables pour satisfaire toutes les commandes de boissons. Sydney repéra Ashley à une table du fond. Elle était passablement éméchée et draguait un homme d'au moins quinze ans son aîné. La chaleur commençait à devenir étouffante dans la pièce quand la sono se fit entendre sur le pont. De nombreux invités quittèrent leurs sièges pour rejoindre la piste de danse.

Un garçon s'arrêta devant Francie.

— Tu danses ?

— Et comment ! répondit-elle avec enthousiasme. Puis, se tournant vers sa copine : Tu permets…

— Mais je t'en prie. Amuse-toi, répondit distraitement Sydney, absorbée par le comportement d'Ashley.

Connaissait-elle ce type ? S'agissait-il de son contact ?

Si ça se trouve, elle n'est pas plus soûle que moi.

Mais ce serait étonnant avec tout ce qu'elle avait bu.

Il devait s'agir de consommations sans alcool.

Sydney sentit son estomac se nouer. C'était logique. Aucun professionnel du renseignement ne se serait abandonné à boire en public. Elle essayait de cacher quelque chose ? Mais quoi ?

L'homme se leva brusquement de table, passa à quelques centimètres de Sydney et quitta la salle. Il avait tout du mec important malgré sa tenue décontractée.

Il ressemblait à Wilson avec ses cheveux grisonnants.

J'y suis ! Ashley faisait semblant de boire pour justifier sa rencontre avec un type.

Sydney décida de le suivre.

Il se rendit directement aux toilettes. Sydney résolut de l'attendre en faisant la queue chez les femmes. Elle espérait qu'il ressortirait avant que ce ne soit son tour. Il réapparut enfin et partit vers l'avant du navire. Sydney lui emboîta le pas.

Le pont était maintenant plongé dans l'obscurité. La lune, qui venait à peine de se lever, éclairait faiblement la scène. Sydney avançait prudemment. La musique montant de l'entrepont couvrait sa progression. Elle entendait distinctement les éclats de voix des danseurs. L'endroit était désert. L'homme s'accouda au bastingage un moment pour contempler l'océan. Puis il fouilla dans ses poches. Sydney sentit son pouls s'accélérer.

Une flamme éclaira un instant son visage. Il alluma une cigarette.

Sydney resta perplexe. Avait-il senti sa présence ? Il fumait peut-être en attendant qu'elle s'en aille.

Elle hésitait entre attendre encore un peu ou retourner surveiller Ashley, quand un horrible cri résonna à l'entrepont. La musique s'arrêta aussitôt.

Oubliant son mystérieux personnage, Sydney se rua en direction de la piste de danse.

Chacun essayait de savoir ce qui s'était passé. Sydney avisa Ashley gesticulant fébrilement devant Roxy et deux autres passagers. Un attroupement s'était formé autour d'eux.

Sydney joua résolument des coudes pour venir aux nouvelles.

— Cette fille ! Tu sais bien, la nouvelle, braillait Ashley. Elle était là. Je l'ai vue !

— Qui ? répliqua Roxy au comble de l'effroi. Calme-toi et raconte-moi ce que tu as vu.

— J'ai entendu un splash ! Tu l'as entendu aussi, Roxy ? Tu l'as entendu ?

— Comme quelqu'un qui tombe à l'eau ? demanda un des hommes.

Ashley s'accrochait désespérément au bras de Roxy. Son regard tomba sur Sydney, qui frissonna.

Elle n'était plus certaine qu'Ashley soit une simulatrice.

— Elle ! hurla la pauvre fille. C'était son amie.

— Francie ? Qu'est-il arrivé à Francie ?

Ashley s'approcha du bastingage et mima une chute.

— Il y a eu un splash, répéta-t-elle. Elle dansait à côté de moi. Et…

Sydney sentit ses jambes lui manquer.

— Un homme à la mer ! crièrent en chœur les premiers passagers.

— Un homme à la mer ! Un homme à la mer ! reprit aussitôt la foule.

Les membres d'équipage se mirent à courir dans toutes les directions. Sydney se pencha par-dessus la rambarde pour scruter l'océan. Elle respirait avec difficulté.

Ils ont l'habitude. Ils vont lancer des bouées, essayait-elle de se rassurer. *Les secours arrivent. Francie est une excellente nageuse.*

Sydney enjamba le bastingage pour mieux voir. L'eau était noire et la lune avait perdu de son éclat. Francie n'apparaissait nulle part.

Et si c'était Ashley qui l'avait poussée ?

Dans ce cas, Francie serait loin derrière.

— Hep, vous ! lança une voix derrière elle. Revenez !

Sydney entendit des pas qui couraient dans sa direction. Prenant une profonde inspiration, elle sauta dans le vide.

— Un homme à la mer !

Le cri embrasa à nouveau la foule des invités.

Elle sentit ses pieds toucher l'eau puis tout son corps fendre les flots. Elle avait gardé les bras en l'air, comme elle avait appris à le faire à l'entraînement. Sa robe flottait devant son visage. La mer était plus froide que prévu. Elle donna une impulsion pour remonter. Elle refit surface dans le sillage du bateau. Il allait plus vite qu'elle ne l'aurait imaginé.

— Francie ! appela-t-elle en se mettant à nager dans la direction opposée au catamaran. Francie, tu m'entends ?

Une vague la submergea, l'obligeant à boire la tasse. Le sel lui brûlait le nez et la gorge. Elle essaya de sortir son torse de l'eau pour élargir son champ de vision.

— Francie ! appela-t-elle de nouveau.

Ballottée par les flots, Sydney n'apercevait que l'écume des vagues faiblement éclairées par la lune. Tout, par ailleurs, était plongé dans les ténèbres.

— Francie !

Toujours pas de réponse. Aucun bruit non plus, à l'exception du ressac et du moteur du bateau qui manœuvrait pour revenir à sa rencontre. Elle imaginait Francie perdue quelque part dans cette immensité, terrifiée et morte de froid. Elle se remit à nager. Gauche, droite, gauche droite… Elle voulait s'éloigner d'une vingtaine de mètres avant de crier à nouveau.

Subitement, elle fut aveuglée par le faisceau d'un puissant projecteur. Le catamaran avait fait demi-tour pour lui porter secours. Une clameur d'encouragement s'éleva du pont lorsqu'elle fut à portée.

— Faites attention à vous ! Nous allons vous lancer une bouée de sauvetage ! cria un homme muni d'un porte-voix. Passez la bouée autour de votre corps. Nous allons vous hisser à bord.

Non, pensa Sydney en nageant de plus belle. *Pas avant d'avoir retrouvé Francie.*

Ses forces commençaient à s'épuiser. Au fond d'elle-même, elle savait que sa quête était vaine. Mais elle se sentait responsable de la disparition de Francie. Si Ashley l'avait poussée à l'eau, c'était bien pour se débarrasser d'elle, Sydney. Elle ne perdait rien pour attendre…

— Sydney !

C'était la voix de Francie qui parlait maintenant.

— Sydney, tu m'entends ? Passe cette fichue bouée tout de suite ! Tu es devenue complètement folle ?

— Francie ?

Sydney se retourna dans l'eau pour faire face au navire.

— Francie, cria-t-elle. C'est toi ?

— Évidemment que c'est moi ! Veux-tu remonter sur le bateau !

Sydney passa la bouée sans discuter. Elle était au bord des larmes. On la hissa à l'aide d'un treuil. Sur le pont, elle chercha avidement sa copine dans la foule qui se pressait autour d'elle.

— Qu'est-ce qui t'a pris ? murmura Francie qui s'était précipitée pour l'envelopper dans une couverture de survie. J'étais morte de peur.

— Je croyais que tu étais tombée à l'eau, bredouilla Sydney. Ashley…

— J'étais aux toilettes ! Ça m'arrive parfois. Si au moins tu avais laissé ces gars faire leur boulot avant de plonger, mademoiselle Superwoman…

— J'ai sauté.

— Pardon ?

— Je n'ai pas plongé. J'ai sauté, insista Sydney.

— Comme tu voudras, répliqua Francie, sarcastique. C'est tout aussi dingue.

Un membre de l'équipage s'approcha et interrompit leur conversation. Il était sensiblement du même âge que Sydney et son visage portait encore les stigmates de la peur qu'il avait ressentie.

— Ça va ? demanda-t-il.

— Oui. Je suis désolée pour tout ce remue-ménage.

— Je dois vous conduire auprès du médecin du bord. Puis nous établirons ensemble le rapport sur l'accident. Si vous voulez me suivre…

La foule s'ouvrit devant eux comme la mer Rouge dans les *Dix Commandements*. Sydney se sentait minable. Non seulement, elle avait sauté à l'eau pour rien, mais en plus elle avait contrevenu à l'une des règles cardinales de la profession d'espion : tous les regards étaient maintenant tournés vers elle.

— Attendez, dit-elle brusquement en retenant le steward par le bras. Ashley a vraiment entendu quelque chose. Elle n'avait pas l'air de plaisanter.

Il lui sourit amicalement.

— Il s'agissait sans doute d'un gros poisson. Il y en a beaucoup dans les parages. Votre amie avait pas mal bu. Elle a dû confondre, c'est tout.

— Vous avez sans doute raison.

Sydney était pourtant loin d'être persuadée. Ashley lui avait tendu un piège pour l'obliger à baisser sa garde. Sa couverture avait explosé. Cette fille était vraiment très forte.

Elle a tout planifié pour que je me balance pardessus bord, au risque de me noyer. Elle sait maintenant que je suis venue remplacer Jen. Que peut-elle savoir d'autre sur le but de ma mission ?

Sydney frissonna sous sa couverture.

Il faut opérer cette nuit même. Personne n'irait imaginer que je vais me refoutre si vite à l'eau, surtout après cette petite trempette improvisée.

De : Aw23i5pl300

À : Cheftaine

Objet : Derniers développements.

L'une des candidates est certainement de la partie. Signes d'un entraînement intensif. Type commando. Demande l'autorisation de m'en débarrasser.

7

Minuit venait de sonner quand Sydney parvint enfin à filer à la faveur de l'ombre. Personne ne se doutait de son escapade et, si tout se déroulait suivant le plan, personne n'en saurait jamais rien.

Francie doit dormir à l'heure qu'il est, pensa-t-elle en contournant un réverbère.

Prétextant une forte migraine, Francie était partie au lit dès leur retour à l'hôtel. Sydney l'avait accompagnée pour passer des vêtements secs et prendre son petit sac à dos où elle avait dissimulé son GPS et son portable du SD-6. Puis elle était sortie en disant qu'elle allait faire un tour. Francie n'avait même pas tourné la tête quand elle était partie, encore bouleversée par ce qu'elle appelait le comportement stupide de Sydney sur le bateau.

Que pense-t-elle de toute cette histoire ? s'inquiéta Sydney qui commençait à regretter de l'avoir entraînée dans cette aventure. *Que dirait-elle si elle apprenait que je vais nager cette nuit avec les requins ?*

Elle gambergeait toujours en atteignant l'extrémité du parking où elle avait garé sa voiture de location. Pas un seul instant, lorsqu'elle était dans l'eau à la recherche de Francie, la pensée de se retrouver nez à nez avec un requin ne lui avait traversé l'esprit. Cette idée lui trottait à nouveau dans la tête alors qu'elle franchissait la barrière d'enceinte et se dirigeait vers le centre-ville désert. Elle essaya alors de se concentrer sur sa mission, le prototype, ce qu'elle devrait faire à propos d'Ashley… mais la vision des formidables mâchoires du squale ne la quittait pas. Énormes, de forme triangulaire, avec des dents aiguisées comme des rasoirs, elles étaient capables d'arracher un membre d'un seul coup, sans la moindre difficulté.

C'est effrayant. Absolument horrible.

Sydney baissa la vitre pour laisser pénétrer un peu d'air de la nuit et recouvrer un minimum de calme. Elle roulait en direction de Pearl Harbor. La route était déserte. Elle atteignit rapidement l'endroit repéré le matin même. Éteignant les phares, elle gara la voiture derrière les épais buissons. L'auto était pratiquement invisible. Elle ouvrit le coffre pour se préparer.

L'équipement qu'elle était passée prendre dans l'après-midi était fin prêt. Sydney se déshabilla rapidement et enfila sa combinaison noire en néoprène. La plage avait une tout autre allure qu'en plein jour. Le paysage paraissait sauvage, hostile…

Grelottante, elle regagna l'arrière du véhicule pour prendre son couteau, mettre son GPS et son téléphone à l'abri dans le sac étanche. Elle arrima solidement les bouteilles d'oxygène, vérifia le bon fonctionnement du détendeur, s'attacha la torche au poignet, prit le masque et les palmes, qu'elle garda à la main, puis referma le véhicule. Elle rangea la clé dans la poche de sa combinaison.

Arrivée au bord de la plage, Sydney passa son masque en prenant soin de le mouiller au préalable pour éviter la formation de buée. L'eau froide la fit frissonner.

J'ai bien fait d'opter pour une combinaison intégrale, pensa-t-elle.

En réalité, elle avait fait ce choix pour se fondre plus facilement dans la nuit. Le résultat était au-delà de ses espérances. Elle se distinguait à peine dans le noir. La lune avait disparu derrière d'épais nuages, jetant une vague lueur blafarde. Dire que des centaines d'hommes étaient morts tout près d'ici dans des conditions épouvantables. Si les fantômes existaient réellement, Pearl Harbor devait en être rempli.

J'espère qu'ils ne prendront pas mal mon intrusion. Après tout, nous sommes du même bord.

Sydney poussa le scooter sous-marin dans l'eau et attendit qu'il coule au fond pendant qu'elle chaussait ses palmes. Elle sortit le GPS du sac, l'activa et releva les coordonnées. Elle vérifia une dernière fois le fonctionnement du détendeur avant de plonger.

Les ténèbres l'environnaient. Elle songea un instant à allumer sa torche, mais renonça aussitôt pour éviter de se faire repérer. Elle démarra le scooter, fixa le GPS avec du Velcro sur le dessus et fit route vers le milieu du port.

Elle filait lentement, avec pour unique repère la lueur verdâtre du navigateur. A cinq mètres de profondeur, elle alluma sa torche. D'innombrables particules microscopiques dansaient devant ses yeux, réduisant considérablement la visibilité. Elle éteignit puis accéléra, décidant de se fier aux relevés qu'elle avait faits le matin même pour se diriger. Le scooter la protégerait en cas de choc frontal.

Sydney s'était progressivement habituée à naviguer en aveugle. L'écran à cristaux liquides afficha les bonnes coordonnées. Elle consulta sa montre. Le voyage avait pris vingt-deux minutes. Il lui restait donc au moins quarante minutes d'oxygène. Quant au scooter, il avait une autonomie de deux heures. Le timing était parfait.

Inclinant l'engin vers le bas, elle descendit encore de quelques mètres puis ralluma sa torche. Une espèce de soupe organique flottait devant son masque. Elle ne voyait rien à dix centimètres. Elle décrivit un large arc de cercle avant de gagner le fond.

Le scooter heurta le sable, soulevant un épais nuage de sédiments. Le fond était plat, pas de corail, pas de rochers et absolument aucune trace d'un navire quelconque. La visibilité ne dépassait pas cinquante centimètres.

Comment espérer trouver quelque chose dans cette soupe ? s'inquiéta-t-elle. *Ça ne doit déjà pas être évident le jour. Alors, en pleine nuit…*

La tâche paraissait impossible. Elle s'était toujours doutée que le prototype ne serait pas facile à trouver. Mais elle pensait qu'elle n'aurait aucune difficulté à rejoindre l'épave du navire. Elle regrettait de ne pas travailler avec un partenaire, quelqu'un qui l'aurait aidée à prendre la bonne option. Noah aurait été parfaitement indiqué.

Au moins, elle se serait sentie moins seule.

Sydney fit un nouveau point. Le *Eagle* devait se trouver juste en dessous d'elle.

C'est curieux que je ne le voie pas.

Wilson était-il certain de ses informations ? S'était-il fait manipuler ? Il semblait difficile qu'un navire puisse rester au fond d'un port soixante ans sans que personne ne vienne le visiter.

L'épave doit être dans le coin, essaya-t-elle de se raisonner en amorçant un second passage. *Je vais bien finir par tomber dessus.*

Elle consulta de nouveau sa montre. Il fallait faire attention à ses réserves d'oxygène.

Subitement, le faisceau de lumière rencontra quelque chose. Elle lâcha le scooter et, en deux coups de palmes, descendit voir. Une masse sombre s'étendait devant elle. C'était le pont supérieur, couché sur le côté. Il était incrusté de corail.

Bingo !

Soulagée, Sydney, après s'être assurée de la position du scooter, partit explorer le navire.

Des câbles rouillés encombraient le pont en acier. Les hublots étaient trop sales pour permettre de voir à l'intérieur. Heureusement, il y en avait un de cassé. Sydney braqua sa torche. C'était une cabine entièrement recouverte de vase. Une porte se devinait à l'une des extrémités.

Sydney reprit son exploration en remontant vers la proue. Des lettres se détachaient sous les algues : EAGLE.

J'y suis.

Son pouls s'accéléra sous le coup de l'émotion. Elle était devant le navire qu'elle cherchait. Puis elle essaya de recouvrer son calme. L'excitation augmentait sa consommation d'oxygène. Elle s'efforçait de respirer posément quand la silhouette blanche d'un poisson passa rapidement dans le faisceau de la torche.

Un requin !

Son sang se glaça d'effroi. Elle était incapable de penser. Était-il parti ? Allait-il revenir ?

Est-il affamé ?

Elle se laissa couler. Tout son corps, à l'exception de sa main qui s'agrippait à la torche, était devenu étrangement mou. Sydney essaya d'atteindre son couteau, mais son bras refusa de bouger. Elle était paralysée par la peur au fond de l'océan à attendre que le requin repasse dans la lumière de sa lampe.

Je veux le voir venir. Je me battrai jusqu'au bout.

Mais elle était toujours incapable du moindre mouvement. Elle ne pouvait s'empêcher d'imaginer le monstre surgissant des ténèbres pour la couper en deux d'un seul coup de mâchoire. Un poids énorme pesait sur sa poitrine.

Je pourrais me réfugier à l'intérieur du navire.

Cette pensée la soulagea subitement.

Il ne me suivra jamais là-dedans.

Elle se mit à nager le plus lentement possible, battant à peine des pieds. Elle quitta le pont et se dirigea vers la passerelle où elle distinguait le trou noir d'une porte ouverte. Tous ses sens étaient en alerte.

Le rectangle de la porte était pratiquement à l'horizontale, le navire étant couché sur le flanc. Sydney se précipita dans l'ouverture avant de se retourner aussitôt pour faire face à une éventuelle attaque.

Le requin avait disparu. Elle lui avait échappé. Elle était en sécurité.

Poussant un soupir de soulagement, elle s'adossa contre la paroi.

Calme-toi, s'adjura-t-elle en prenant de grosses goulées d'oxygène. *Il va falloir être prudente maintenant.*

S'aventurer dans une épave restait une épreuve périlleuse. Le chemin était jonché d'embûches, portes arrachées, câbles coupés, verre brisé… Si elle se blessait ou que la voie se refermait derrière elle à la suite de la chute d'un quelconque objet, elle manquerait rapidement d'air. Elle avançait à tâtons.

Quelque chose vint cogner violemment contre sa jambe et s'évanouit aussitôt. Sydney hurla dans son embout, libérant un torrent de bulles. Elle aperçut une longue queue à quelques centimètres de son masque, puis la bouche du monstre, grande ouverte. Le faisceau de sa torche éclaira un instant ses yeux globuleux. L'intrus fit demi-tour et ressortit par la porte, disparaissant bientôt dans les ténèbres.

Sydney ôta son embout pour recracher l'eau qu'elle avait avalée. Le congre avait paru aussi effrayé qu'elle. Elle s'en tirait à bon compte.

Que faisait-il dans les parages ? Est-ce qu'il vit ici ? Dans ce cas, il y en a probablement d'autres.

Une chose était sûre : elle essaierait de ne plus se laisser surprendre.

Se retournant lentement, elle considéra l'intérieur de la passerelle, balayant avec sa torche le moindre recoin. Le mur devant elle était couvert d'instruments de navigation. Une rangée de placards s'étendait sur la partie basse. Sydney attrapa son couteau de plongée et entreprit d'en ouvrir un. En vain.

C'est une pince-monseigneur que j'aurais dû apporter. Ou même une boîte à outils.

Renonçant à sa tentative, elle commença à chercher autour d'elle des objets pouvant lui être utiles. Elle prenait bien garde à ne pas faire de mouvements brusques pour ne pas remuer la vase et se retrouver aveuglée. Elle découvrit des montants de chaises, une paire de jumelles rouillées et d'autres accessoires sans intérêt – rien en tout cas ressemblant à un prototype nucléaire ou à une pince-monseigneur. Elle décida de plonger plus avant dans les entrailles du navire.

L'échelle qui menait au pont inférieur était pratiquement à l'horizontale. Sydney se glissa dans l'étroit passage. En bas, les placards de la cambuse étaient ouverts, laissant apparaître leur contenu qui attendait depuis soixante ans. Une tasse blanche se détachait au milieu de la vase. Sydney imagina l'homme qui s'en était servi juste avant de monter sur le pont pour ne jamais revenir.

Une seconde porte en métal donnait sur la gauche. Ce devait être la salle des machines. Elle décida de tenter sa chance de l'autre côté, en direction des cabines de l'équipage. Si Suler était à bord lors du naufrage, le prototype risquait de se trouver dans l'une d'elles.

S'il l'a planqué dans une cache secrète, j'ai bien peur qu'il faille renflouer tout ce tas de ferraille et le découper au chalumeau.

Malheureusement, ce n'était pas dans les manières d'opérer du SD-6. Cette branche de la CIA n'avait pas l'habitude de travailler à visage découvert.

Il ne restait que les gonds de la première porte. Le

reste s'était complètement désintégré. À l'intérieur, tout était sens dessus dessous. Deux équerres étaient fixées au mur mais la planche avait disparu depuis longtemps. Dans l'armoire en fer, quelques cintres. Seules les semelles des chaussures avaient résisté à la corrosion. Tout le reste s'était dissous dans la mer au fil du temps. En sortant de la pièce, Sydney entreprit de fouiller la vase dans la coursive, à la recherche de quelque chose qui ressemblerait à une boîte en acier. L'eau se troubla instantanément. Elle se dirigeait vers la seconde cabine, quand ses yeux tombèrent sur la jauge de sa réserve d'oxygène. Son sang se glaça d'effroi.

Ce n'est pas possible ! s'étonna-t-elle.

Il ne lui restait plus que quinze minutes d'autonomie. Elle était à plus de dix mètres de fond, sans compter le voyage de retour jusqu'à la plage qui durait vingt bonnes minutes.

Paniquée, Sydney se précipita vers la sortie. Elle resta un moment immobile à la porte de la passerelle à se demander si les requins maraudaient toujours dans les parages. Mais il n'y avait plus de temps à perdre. Prenant son courage à deux mains, elle fonça dans les ténèbres pour regagner son scooter. Elle consulta son GPS et mémorisa les coordonnées du site, puis elle éteignit sa torche et démarra.

Sydney choisit de remonter suivant une pente douce pour économiser ses mouvements. Elle n'était pas descendue assez profond pour risquer un incident de décompression mais chaque seconde d'oxygène était précieuse. Elle restait aussi immobile que possible. Sa vie en dépendait.

Comment ai-je pu épuiser si vite ma réserve ?

C'était invraisemblable. Elle avait dû consommer plus que prévu sous le coup de l'émotion et de la peur.

A moins qu'il y ait un problème avec la bouteille, la jauge ou je ne sais quoi.

Il y avait toujours un risque à employer un autre matériel que le sien. Mais comment aurait-elle pu amener son équipement depuis L.A. ? Sans compter qu'elle avait elle-même tout vérifié avec le vendeur.

Sydney consulta sa montre. Elle était à huit mètres de profondeur et il ne lui restait que dix minutes d'oxygène. Son GPS indiquait qu'elle se trouvait à une quinzaine de minutes de la plage. Elle aurait pu faire le reste avec un simple tuba mais elle avait bêtement jugé qu'elle n'en aurait pas besoin.

Elle devrait terminer son voyage en demeurant au ras des flots. Il n'y avait pas d'autre moyen.

Sydney n'était plus qu'à cinq cents mètres de la plage quand ses dernières réserves s'épuisèrent. Elle absorba les dernières goulées et fonça vers la surface.

Elle filait maintenant au ras de l'eau. Bientôt, elle ne fut plus qu'à une centaine de mètres du bord. Elle coupa le contact et se remit à nager en poussant l'engin devant elle. Plus que quelques battements de palmes avant de toucher terre.

Sydney se releva et, abandonnant le scooter, sortit de l'eau, La nuit était noire mais moins noire qu'au fond de l'océan. Elle retira ses palmes et son masque et commença à se diriger vers la voiture. La pente était escarpée.

Subitement, quelque chose bougea dans les fourrés.

Quelqu'un se cachait là.

Elle frissonna et battit prudemment en retraite vers la mer, sans quitter l'endroit des yeux. Une brindille craqua dans le bosquet.

Plus elle vit l'arrière d'une tête blonde s'éloigner en direction de la route.

Ashley !

Sydney hésita à se lancer à sa poursuite. Avec un peu de chance, elle ne l'avait pas reconnue.

Mais si Ashley ignorait ma présence, que faisait-elle dans le coin ?

Sydney voulut en avoir le cœur net et se précipita en abandonnant son matériel sur place. Elle déboucha sur la route juste au moment où une voiture démarrait en trombe vers Honolulu, tous feux éteints. Impossible de lire la plaque d'immatriculation. Elle n'avait pas non plus eu le temps de reconnaître la marque du véhicule.

C'est fichu, pensa-t-elle avec un pincement au cœur. *Ma couverture vient définitivement de tomber à l'eau.*

8

Sydney retourna chercher son matériel de plongée avant de déguerpir. Elle perdit de précieuses minutes à vérifier que sa voiture de location n'avait pas été piégée puis se mit en quête d'indices signalant le passage d'Ashley. Elle se résolut enfin à appeler Wilson.

— Je crois que j'ai des problèmes, murmura-t-elle en s'aplatissant sur son siège.

Elle avait remonté les vitres de peur d'être entendue.

— Quel genre de problèmes ?

Même à cette heure tardive, la voix de Wilson était énergique, tranchante, comme s'il venait de boire deux cafetières pleines.

— Où en sommes-nous ?

— Je n'ai pas le colis.

— Pourquoi ?

— J'ai vérifié vos informations. Elles étaient exactes… Mais j'ai rencontré des problèmes d'ordre technique.

— Le colis est toujours là-bas ?

— Je ne sais pas.

Wilson souffla avec impatience.

— Il y a pire, ajouta-t-elle. Je crois que ma couverture est par terre.

— Vous croyez ?

— J'en suis certaine, avoua-t-elle, confuse. La soirée a été épouvantable. D'abord il y a eu cette fichue croisière, puis Francie…

— Je n'ai pas le temps d'entendre vos jérémiades, l'interrompit-il sèchement. Qui vous a identifié ?

— Elle s'appelle Ashley Evans. Elle appartient à la confrérie.

— Pour qui travaille-t-elle ?

— Je l'ignore.

— Vous ne savez rien, ma parole, explosa-t-il. Je vous ai confié une mission et vous ne faites que geindre.

Sydney se sentit blessée par la dernière remarque.

— Je ne sais même pas pourquoi vous m'appelez, reprit-il. Si cette Ashley est un traître, occupez-vous d'elle.

Elle hésita.

— Compris ?

Il paraissait au bord de la crise cardiaque.

— Compris, s'empressa-t-elle de répliquer. Je m'en occupe.

Wilson raccrocha.

Sydney reposa le combiné sur le siège passager et manœuvra pour sortir la voiture. Elle avait toujours vu en Wilson un second père – dur mais juste. Ce coup de téléphone l'avait bouleversée. Elle avait les larmes aux yeux.

Je voulais simplement lui demander conseil, s'insurgea-t-elle en remontant sur la route. *Il n'a rien voulu savoir.*

Et qu'entendait-il par s'occuper d'Ashley ? Elle n'avait pas la moindre idée de ce qu'elle devait faire.

Il n'avait pas l'air de plaisanter.

La liquider ?

Je ne pense pas.

Sydney resta un instant absorbée dans ses pensées. Ses roues mordirent sur le bas-côté. Elle redressa le volant.

C'est évident. Il veut que je la garde à l'œil et que je découvre pour qui elle travaille.

Il n'y avait qu'un problème à résoudre. Et de taille.

Il fallait d'abord qu'elle retrouve Ashley.

***

Aucune trace d'Ashley dans le hall de l'hôtel. Aucune trace de personne, d'ailleurs. Seul le réceptionniste bâillait à s'en décrocher la mâchoire derrière son comptoir. Rien de surprenant à cette heure. Il était même étonnant que Sydney ne tombe pas de sommeil. Elle tenait à l'adrénaline – mais ses réserves, là aussi, commençaient à s'épuiser.

Au retour, elle était passée par Chinatown, espérant retrouver Ashley dans les parages. Personne ne semblait l'avoir vue. Sydney avait alors décidé de rentrer à l'hôtel. Elle avait garé sa voiture dans un autre parking – on ne sait jamais – avant de gagner le Waikiki Princess à pied. Maintenant qu'elle se trouvait dans le hall, elle hésitait sur la marche à suivre. Ashley avait-elle regagné sa chambre ?

Elle se dirigeait vers le comptoir quand un bruit derrière elle la fit se retourner.

— Surprise ! s'exclama Noah en souriant de toutes ses dents.

Épuisée comme elle l'était, Sydney n'avait pas vraiment envie de rigoler.

— Tu devrais arrêter avec tes surprises, aboya-t-elle. Tu vas finir par te faire descendre.

— Essaie.

— Je n'apprécie pas du tout tes plaisanteries. Mais qu'est-ce que tu fiches ici ?

Il portait un bermuda rouge et la chemise la plus fleurie d'Oahu. On ne pouvait rêver plus discret pour un agent secret.

— Je pensais que ça te ferait plaisir de me voir, ajouta-t-il. De toute évidence, je me suis trompé.

Elle le fixa dans les yeux, essayant de comprendre la situation.

— C'est Wilson qui t'envoie ? Parce que dans ce cas…

— Continuons cette conversation à l'extérieur, intervint-il.

Il la prit par le bras et l'entraîna sur la terrasse.

— Tu es devenue folle ? souffla-t-il. Citer des noms en public !

Les étoiles brillaient au-dessus de leurs têtes et les palmiers se balançaient doucement sous la brise, mais ni Noah ni Sydney n'étaient d'humeur romantique.

— Qu'est-ce qui ne va pas ?

— J'ai eu une nuit épouvantable.

— Ce n'est pas une raison pour t'en prendre à moi.

Ses derniers mots la touchèrent. Le pauvre n'y était pour rien.

— Je suis désolée. Tu es arrivé au mauvais moment.

Noah parut s'offusquer.

— Tu n'avais pas l'air si mal que ça au téléphone cet après-midi.

— Eh bien, ce n'est plus le cas ! répliqua-t-elle sèchement.

Trop sans doute. Sydney prit une profonde inspiration.

— Veux-tu que nous allions nous asseoir au bord de la piscine ?

— Et toi ?

Le sourire enchanteur s'était évanoui. Ses traits s'étaient durcis. C'était de sa faute, Sydney ne pouvait l'ignorer, mais il était trop tard pour faire machine arrière. Elle se laissa tomber dans une double chaise longue à l'autre extrémité du bassin. Noah s'installa à ses côtés pour l'écouter.

— Ma mission est tombée à l'eau, dit-elle en se tournant vers lui. Mais je suppose que tu es déjà au courant.

— Je suis venu pour toi, Sydney. Je ne sais même pas de quoi tu parles.

— Tu…

— J'ai pris quelques jours de congé. Après t'avoir eue au téléphone, j'ai pensé que ça pourrait être sympa de passer un petit moment dans les îles… ensemble. J'ignorais que… Dis-moi ce qui a mal tourné.

— Ne t'inquiète pas. Tu es vraiment venu pour moi ?

Il haussa les épaules.

— Quand j'ai échafaudé ce merveilleux plan, j'étais loin de penser que je serais accueilli comme un chien dans un jeu de quilles.

— Tu te trompes. Je suis très heureuse que tu sois là.

Elle frôla furtivement son genou.

— Raconte-moi ce qui s'est passé. Qu'est-ce qui a fait capoter ta mission ?

— Ce n'est pas grave, je t'assure, mentit-elle. Je m'en occupe.

— Alors pourquoi pensais-tu que j'étais envoyé par Wilson… Est-il au courant de ton échec ?

— Oui. Je l'ai appelé, bredouilla-t-elle.

— Qu'a-t-il dit ?

— Il m'a dit de me débrouiller. Et c'est ce que je fais.

— Je pourrais peut-être t'aider ?

— Je n'ai pas besoin d'aide, Noah.

Quel mensonge ! Elle aurait sauté sur la moindre offre d'assistance de n'importe quel membre du SD-6, à part la sienne. Elle refusait absolument de s'avouer vaincue devant Noah.

— C'est comme tu voudras, répondit-il froidement. Si tu n'as pas confiance en moi, c'est ton problème.

— Il ne s'agit pas de ça.

— Laisse tomber. Pardonne-moi de te l'avoir proposé.

Il en faisait sans doute un peu trop.

— Ne le prends pas de cette façon. Tu ne changeras jamais.

— Et comment veux-tu que je sois, Sydney ?

— C'est toujours la même chose ! répliqua-t-elle, exaspérée. Il n'y a que le boulot avec toi. Toujours et encore le boulot.

— C'est ce que tu penses ?

Son ton était de plus en plus sec.

— Dans ce cas, je ferais mieux de partir tout de suite.

Les yeux de Sydney s'embuèrent de larmes. Un énorme nœud s'était formé dans sa poitrine qui l'empêchait presque de respirer. Elle hocha la tête, puis ferma les yeux.

— Je pense que ce serait préférable.

Noah se leva et s'éloigna sans un mot.

Elle attendit que ses pas disparaissent dans la nuit avant d'éclater en sanglots.

C'est vraiment la pire nuit de toute mon existence !

Au cours de ces dernières heures, elle avait non seulement raté sa mission, explosé sa couverture mais perdu Noah.

Wilson était furieux contre elle.

Ashley s'était volatilisée dans la nature où elle élaborait un plan pour l'éliminer physiquement.

Même Francie, sa supposée meilleure amie, lui en voulait à mort pour avoir sauté bêtement du bateau.

Et si elle était vraiment tombée à l'eau ? Qui s'en serait soucié ? Elle pourrait au moins me manifester un peu de gratitude.

Sydney poussa un gros soupir. Francie reviendrait sans doute vers elle. Mais Noah…

Voudra-t-il seulement m'adresser à nouveau la parole ?

Allongée au bord de la piscine, le visage inondé de larmes, Sydney se sentait abandonnée de tous. De ses collègues du SD-6, des filles de la confrérie. Tout son univers s'effondrait.

Comment en suis-je arrivée là ?

9

— Tu te lèves ou pas ?

La voix de Francie parvint au cerveau embrumé de Sydney, comme surgie de son rêve en lambeaux. Elle nageait, nageait, nageait… sans savoir si elle arriverait un jour quelque part. Ses jambes pesaient des tonnes, tout était noir autour d'elle…

— Comme tu voudras. Je descends prendre mon petit déjeuner sans toi.

La porte de la chambre claqua. Sydney ouvrit les yeux. Elle était dans son lit. La lumière filtrant à travers les rideaux lui blessa les yeux. Elle avait mal partout, sa tête tournait. C'était comme une gueule de bois mais sans les souvenirs agréables de la veille.

Elle se força à s'asseoir dans son lit et jeta un coup d'œil au réveil. Déjà dix heures ? Elle avait dormi cinq heures même si elle avait l'impression de venir à peine de se coucher. Elle se leva péniblement et tituba jusqu'à la fenêtre, en manquant renverser un vase.

Waikiki Beach s'étendait devant elle. La plage était déjà couverte de serviettes de bain. L'eau était si transparente qu'on voyait au fond. Tout ce soleil lui paraissait irréel en comparaison des ténèbres qui obscurcissaient encore sa tête.

L'échec qu'elle avait essuyé la nuit précédente continuait à la ronger. Le reste n'allait pas beaucoup mieux. Francie était toujours fâchée. Elle avait un agent ennemi à neutraliser et un prototype nucléaire à retrouver. Elle se dirigea en bâillant vers la salle de bains.

L'eau chaude la remit vaguement d'aplomb, mais le temps de s'habiller, elle cogitait à nouveau. Elle commencerait par demander aux filles si quelqu'un savait où était Ashley, puis elle s'excuserait auprès de Roxy avant de s'occuper de ses petites affaires.

Il faut que je récupère mon matériel de plongée et que je pense à faire remplir la bouteille. Il vaudrait peut-être mieux changer de voiture. L'autre doit être repérée depuis longtemps.

Sydney repensa aux mystérieux hommes qu'Ashley avait rencontrés à Chinatown et sur le bateau. Si sa rivale travaillait en équipe, il n'était pas impossible que quelqu'un l'ait suivie depuis le début sans qu'elle s'en aperçoive. La partie était inégale.

Si seulement j'avais accepté l'aide de Noah.

Sydney secoua la tête. Elle s'était conduite comme la dernière des gourdes.

Mais l'honneur est sauf, ironisa-t-elle sans grande conviction.

Par chance, il n'y avait rien de prévu ce matin et les filles pouvaient prendre leur petit déjeuner comme bon leur semblait. Sydney se dirigea vers le restaurant, en espérant qu'elle n'était pas la seule à s'être réveillée tard. Elle pourrait ainsi prendre discrètement des nouvelles d'Ashley. Quelqu'un l'avait peut-être vue quitter l'hôtel la nuit dernière.

À la grande surprise de Sydney, Ashley en personne était attablée en compagnie de Gretchen juste à l'entrée de la salle. Elle portait des lunettes noires et semblait complètement ravagée. Elle ne faisait rien pour dissimuler son état.

Puis Sydney se souvint.

C'est ça, pensa-t-elle. *Tout le monde l'a vue boire sur le bateau et ce matin, elle peut se la jouer grosse gueule de bois.*

Il fallait arrêter de jouer au chat et à la souris en public. Puis subitement Sydney se souvint d'une phrase que Noah avait prononcée à Paris alors qu'ils étaient en grande difficulté.

« Nous sommes encore en un seul morceau, c'est sans doute parce qu'ils n'ont pas tout découvert à notre sujet. »

Était-ce le cas actuellement ? Après tous les événements de la nuit dernière, il semblait difficile de croire qu'Ashley ne l'avait pas identifiée. Il devait y avoir autre chose.

La mission ! réalisa-t-elle subitement. *Elle ignore ce que je suis venue faire ici.*

Sans compter qu'elle n'avait aucune raison de croire que Sydney l'avait repérée. C'était la première pensée positive depuis la veille. Sydney était probablement épuisée mais toujours dans le coup.

Reprenant de l'assurance, elle se dirigea droit sur la table d'Ashley.

— Hé, salut, Sydney, lança Gretchen. Tu as l'air vidée ce matin.

— Un peu, répondit-elle en souriant. Mais tout va bien maintenant. Et toi, Ashley ? On dirait que la nuit a été longue ?

Ashley leva à peine les yeux pour la regarder.

— Plutôt, répliqua-t-elle sèchement avant de se tourner vers la fenêtre.

Cette fille avait un sang-froid extraordinaire. Sydney était bien obligée de le reconnaître. Elle s'attarda encore quelques instants pour essayer de pousser Ashley à la faute. En vain. Elles appartenaient chacune à un camp opposé et elles le savaient toutes les deux. Sydney préféra s'éclipser.

Elle se dirigea de l'autre côté de la grande salle à la recherche d'une table libre. Elle commençait à s'installer quand Roxy la héla.

— Oh, Sydney ! Te voilà enfin !

Roxy avait ramené ses cheveux en chignon et portait un ensemble blanc. Elle était ravissante.

— Tu petit-déjeunes seule ce matin ? demanda Sydney en la rejoignant.

La table n'avait pas été desservie. Roxy se tenait devant un grand verre de thé glacé.

— Keisha vient juste de partir, répondit-elle. Il y avait aussi Francie. Dis-moi, ça ne me regarde peut-être pas mais on dirait que vous êtes fâchées toutes les deux.

Venant de quelqu'un d'autre, Sydney aurait certainement éludé la question. Mais Roxy semblait prendre la chose à cœur. Elle choisit de s'expliquer.

— Pas vraiment, dit-elle en levant les yeux au ciel. Elle m'en veut à cause de cette histoire sur le bateau. Elle pense que c'était idiot de me fiche à l'eau.

— Je vois, répliqua Roxy. Tu t'es jetée à la mer pour la sauver et tu croyais qu'elle allait te sauter au cou pour t'être préoccupée de son sort.

— Exactement ! Tu ne sais pas le bien que ça me fait de t'entendre parler comme ça.

Enfin, quelqu'un qui la comprenait.

— Il n'y a rien de prévu aujourd'hui, poursuivit Roxy. Je compte passer la journée au bord de la piscine. Ça te tente ?

— Je te remercie.

Sydney allait l'entretenir de sa prochaine absence quand la serveuse arriva. Elle commanda des crêpes au miel, des œufs brouillés, du bacon, du café et un jus de fruits.

— Je me demande comment tu arrives à garder la ligne, s'étonna Roxy quand l'employée fut repartie.

— De l'exercice, toujours de l'exercice.

— Bon, je te laisse, embraya-t-elle en repoussant son verre. J'ai promis à ma mère de l'appeler ce matin.

— Je t'en prie. Ne t'inquiète pas pour moi.

— On dirait que tu as de la visite. À tout à l'heure, Syd.

Francie arrivait. Roxy lui céda sa place encore chaude avec un large sourire.

— Je pense que tu as déjà mangé, dit Sydney sur la défensive.

— Oui.

Sydney tourna la tête vers le coin où elle avait laissé Ashley. La fille se tenait toujours à la même place.

— Tu es complètement folle, reprit Francie. Tu aurais pu te tuer en sautant du bateau.

— On en a déjà parlé. Je croyais que tu étais tombée à la mer. C'est tout. Je suis désolée de t'avoir froissée.

— Froissée ?

Les yeux de Francie s'embuèrent de larmes. Elle essaya de les retenir puis éclata en sanglots.

— Je suis bouleversée, bredouilla-t-elle. Tu imagines si tu étais morte ? À cause de moi ?

— Ce n'était pas de ta faute. C'est Ashley qui a pété les plombs. Cette fille est complètement folle.

Francie esquissa un timide sourire.

— Tu ne l'aimes pas beaucoup ?

— Honnêtement, je ne peux pas la sentir. Promets-moi de ne pas t'interposer si tu me surprends en train de la pousser dans la bouche d'un volcan en activité.

Sydney plaisantait à moitié.

Francie éclata de rire.

— Il n'y en a pas ici. Il faudrait que tu ailles sur l'autre île.

Sydney fit semblant de considérer la chose quelques secondes.

— Ça vaut le voyage, conclut-elle à la grande joie de Francie.

La serveuse refit son apparition avec le petit déjeuner.

— Je n'ai pas commandé de haricots rouges, intervint Sydney.

— Désolé, madame, s'excusa la fille en s'apprêtant à reprendre le plat.

— Laissez, s'exclama Francie. Vous avez du ketchup ?

Sydney tendit une fourchette à son amie en haussant les épaules.

*
* *

Katie et Michelle vinrent les rejoindre pendant que Sydney terminait son petit déjeuner. Elles se lancèrent dans une grande conversation avec Francie sur les stars qu'elles avaient croisées à Cannes lors de leur dernier voyage.

— Je remonte dans ma chambre, intervint Sydney, déjà fatiguée rien qu'à l'idée de tout ce qui lui restait à faire.

En se levant, elle remarqua qu'Ashley avait quitté la salle. Un couple de personnes âgées occupait maintenant sa table. Sydney éprouva un léger malaise. Elle ne pouvait pourtant pas la surveiller vingt-quatre heures sur vingt-quatre. Elle avait bien d'autres chats à fouetter.

Sydney échafauda son plan dans l'ascenseur. Elle se changerait puis laisserait un mot à Francie disant qu'elle était partie faire son jogging. Elle disposerait ainsi de suffisamment de temps pour régler les histoires de matériel et préparer son équipement pour la nuit prochaine. Elle rejoindrait ensuite Roxy au bord de la piscine. Personne ne remarquerait son absence.

Elle ouvrit la porte et resta un instant immobile sur le seuil. Elle n'en croyait pas ses yeux.

Les draps et les couvertures gisaient par terre. Ses vêtements étaient répandus à travers la pièce comme si sa valise avait subitement explosé. Les bagages de Francie avaient été vidés sur les lits. Toutes les robes avaient été sorties de la penderie et abandonnées sur la moquette.

Sydney se précipita dans la salle de bains, espérant

y surprendre Ashley. Ce qui aurait immédiatement résolu le problème. Mais sa rivale s'était déjà envolée.

Sydney ressortit pour accrocher le panonceau « Ne pas déranger » à la poignée de la porte d'entrée. Elle tourna le verrou, ne voulant pas être surprise par un retour inopiné de Francie, et commença à tout ranger. Elle prit un soin particulier à remettre exactement en place les affaires de sa copine.

On dirait qu'Ashley n'a rien volé.

Et pour cause. Tout l'équipement était resté dans la voiture, à l'exception du portable du SD-6 que Sydney avait gardé sur elle au cas où Wilson rappellerait.

J'espère que Francie ne s'apercevra de rien. Elle deviendrait folle si elle apprenait ce qui s'est passé ici.

Sydney n'avait aucune intention de lui dire quoi que ce soit.

En ayant terminé avec les affaires de Francie, elle rangea rapidement les siennes. Elle plia les couvertures et les draps qu'elle posa sur les matelas.

Si Francie m'interroge, je lui expliquerai que je voulais être certaine que les femmes de chambre changeaient les draps.

L'idéal aurait été de retaper les lits, mais elle n'avait plus le temps. Et il restait encore à ranger la salle de bains.

Sydney ramassa les pots de crème, les brosses et autres bâtons de rouge à lèvres éparpillés sur le carrelage pour les remettre où ils étaient. Elle se demandait ce qu'Ashley espérait trouver dans les trousses de toilette. *Des micros. Des caméras miniatures. Des microfilms.* Tout et n'importe quoi en fait, puisqu'elle ne savait pas ce qu'elle cherchait.

Puis elle réalisa subitement :

Si j'avais trouvé le prototype hier soir, il serait actuellement en sa possession !

Cette pensée la secoua encore plus fortement que le chantier qu'elle avait découvert dans la pièce. Ashley semblait toujours agir à contretemps. Sydney n'aurait jamais imaginé qu'elle cambriolerait leur chambre, et certainement pas en plein jour.

J'aurais pu la surprendre. Francie aussi.

Sydney frissonna. Que se serait-il passé si Francie était tombée sur elle ?

Pour la seconde fois depuis leur arrivée, elle avait peur pour sa meilleure amie.

Comment régler ce problème ?

*
* *

Roxy était déjà au bord de la piscine quand Sydney débarqua. La rousse portait un bikini bleu et elle lisait un roman avec une femme à forte poitrine et un pirate sur la couverture. Elle posa le livre en voyant Sydney mais très vite, son sourire amical s'évanouit pour laisser place à l'étonnement.

— Tu n'es pas en maillot ? dit-elle.

Sydney avait laissé un mot à Francie puis avait enfilé son survêtement.

— Il s'est passé quelque chose de grave, répliqua Sydney à voix basse en s'asseyant à côté de la présidente. On est entré dans notre chambre.

Roxy ouvrit de grands yeux.

— Une femme de ménage ?

— Non. Pas vraiment. Quelqu'un a fouillé dans mes affaires.

Sydney prenait un énorme risque en déballant tout à Roxy. Mieux valait ne pas entrer dans le détail.

— Il te manque quelque chose ?

— Rien.

— C'est une plaisanterie, alors, ou des démons, reprit Roxy, le sourire aux lèvres.

— Des démons ?

— Un type sur le bateau m'a fait tout un topo là-dessus…

— Non, intervint Sydney.

De toute évidence, elle en avait déjà trop dit.

— Écoute, Roxy. C'est une affaire sérieuse. Je pense qu'il s'agit d'Ashley, ajouta-t-elle en jetant des regards autour d'elle pour s'assurer qu'elle ne pouvait pas être entendue.

— Ashley ? Qu'aurait fait Ashley dans ta chambre ?

— Je ne sais pas. Voler, peut-être ?

Sydney ne savait plus comment s'en sortir.

— Voler quoi ?

— Des bijoux, de l'argent…

— Tu es folle ! protesta Roxy. Elle n'a pas besoin de ça.

— Les gens ont parfois des comportements bizarres. Tu crois connaître quelqu'un…

— Il faut alerter la sécurité de l'hôtel, trancha Roxy en se levant. Ils feront une enquête.

— Non !

Roxy la regarda, incrédule.

— Je préfère que ça reste entre nous. Pour le bien de la confrérie. C'est une histoire entre sœurs.

— Tu as sans doute raison. Mais si ce n'était pas Ashley mais quelqu'un de complètement étranger à notre groupe ? reprit posément Roxy.

— C'est elle, insista Sydney. Je ne peux pas te dire comment je le sais. Mais tu peux me faire confiance.

Roxy se rassit, l'air pensif.

— C'est la première fois que nous sommes confrontées à ce type de problème.

— J'imagine, soupira Sydney. Voudrais-tu m'aider à… surveiller Ashley ? Je préfère ne rien dire à Francie. Elle se ferait un sang d'encre. Et je ne veux pas aller trouver Ashley. Je n'ai aucune preuve tangible. Tu acceptes ?

Roxy acquiesça, bien qu'encore sous le choc.

— J'accepte. Je vais garder cette fille à l'œil comme si ma vie en dépendait.

— Super.

Il ne restait plus à Sydney qu'à abattre sa dernière carte.

— J'avais l'intention de faire un peu de jogging pour me détendre après toutes ces émotions. Mais si tu préfères…

— Non, vas-y. Je veille au grain.

Roxy se releva à nouveau.

— J'ai un service à demander à Ashley qui devrait l'occuper une bonne partie de la journée, ajouta-t-elle avec un sourire complice. Si toutefois je la trouve.

Sydney lui rendit son sourire, du fond du cœur.

— Merci, Roxy. Tu es vraiment la meilleure.

Roxy éclata de rire.

— Je l'ai toujours su. Mais je compte sur toi pour répandre la nouvelle.

10

De retour en face de Pearl Harbor pour la seconde nuit consécutive, Sydney ne cessait de tendre l'oreille au moindre bruit. Elle était arrivée plus tôt que la veille pour profiter plus longtemps de la lune. Le choix était délicat. Elle voyait mieux mais elle risquait aussi d'être plus facilement repérable. C'est avec soulagement qu'elle plongea dans l'eau noire et protectrice pour retourner à l'épave.

Elle fut sur la zone en un minimum de temps. Retrouver le *Eagle* était devenu un jeu d'enfant maintenant qu'elle disposait de coordonnées fiables. Pourvue d'un marteau, d'un pied de biche et de divers outils attachés à sa ceinture, Sydney était dorénavant en mesure d'ouvrir n'importe quoi. Elle était fermement déterminée à visiter tout le navire s'il le fallait. Elle verrait bien si le prototype s'y trouvait encore ou pas. L'essentiel étant d'éviter d'avoir à revenir une troisième fois.

Elle abandonna son scooter au même endroit que la nuit précédente et se dirigea résolument vers l'avant du *Eagle* en évitant de penser aux requins. Elle fit une courte pause au seuil de la passerelle, le temps de réajuster son masque, puis s'enfonça à l'intérieur du navire.

Elle força sans difficulté les casiers, sous les instruments de navigation, qui lui avaient résisté lors du premier séjour. Rien d'intéressant à l'intérieur. Les cartes qu'ils contenaient avaient depuis longtemps été réduites à néant. Sydney reprit le chemin des cabines de l'équipage. Quelques cirés, maculés de boue et d'algues, avaient résisté à la corrosion. Une boîte abandonnée dans un coin attira son attention. Elle ferrailla un instant pour l'ouvrir et découvrir un vieux sextant rouillé.

Bredouille, elle décida de gagner le pont inférieur. Elle commencerait cette fois-ci par l'arrière du navire. Rien dans la salle des machines.

Elle pénétra dans le mess. Quelque chose lui dit qu'elle brûlait. À droite, elle découvrit une cabine plus luxueuse que les autres. Probablement celle du capitaine ou des hôtes de marque. Il ne restait plus grand-chose de la marqueterie d'origine. Une petite table en fer était demeurée dans un coin de la pièce. Une plateforme surélevée occupait l'angle opposé. Ce devait être l'emplacement de la couchette. Sydney s'approcha pour y regarder de plus près. Une rangée de tiroirs disparaissait à moitié dans la couche de sédiments.

C'est là que j'aurais caché le prototype si j'avais été à sa place, pensa Sydney en attrapant son pied de biche. La planque n'était pas très originale, mais Suler était loin de se douter des événements qui allaient suivre. Il avait dû être pris de court. Elle fit sauter la première serrure et braqua sa torche à l'intérieur. Rien.

Elle passa au suivant. Toujours rien.

Il restait trois tiroirs à visiter. Sydney redoubla d'efforts. Son cœur battait à tout rompre quand elle aborda le dernier.

Rien.

Elle visita encore l'armoire métallique près de la porte. En vain. Elle s'apprêtait à quitter la pièce quand une idée lui traversa subitement l'esprit. Revenant vers la plate-forme, elle glissa son pied de biche entre la base et le couvercle pour faire sauter ce dernier. Les rivets cassèrent les uns après les autres. Sydney travaillait avec acharnement pour agrandir le trou. Quand il fut assez large, elle y plongea sa torche. Comme elle le pensait, les tiroirs n'allaient pas jusqu'au fond du lit. Il restait un espace à l'arrière, suffisant en tout cas pour y dissimuler un objet de taille raisonnable. Le faisceau tomba sur une boîte métallique, corrodée mais en parfait état malgré un séjour de soixante ans dans l'eau salée.

Elle se précipita pour l'attraper, le cœur rempli d'espoir. Sur le côté, trois initiales se détachaient clairement sur une petite plaque en or : BLS.

Je l'ai !

Elle vida son sac de plongée des outils qui l'encombraient et y rangea le prototype. Elle s'assura de l'avoir refermé convenablement puis le fixa solidement à sa ceinture. Sydney était impatiente de gagner la terre ferme. Elle se dirigea vers la sortie.

Repassant par le mess puis remontant le long de l'échelle, elle atteignit rapidement le pont supérieur et la passerelle. Elle serait bientôt dehors. Dans sa tête, elle démarrait déjà le scooter pour filer vers la côte. Le violent choc qu'elle reçut dans le dos la prit totalement par surprise.

Elle bascula sur le côté, mordant furieusement dans l'embout pour éviter de le perdre. Elle se retourna juste à temps pour voir une barre de fer s'abattre sur son épaule. La douleur lui fit lâcher la torche alors que son agresseur revenait à la charge pour lui arracher son sac.

Instinctivement, Sydney balança son poing devant elle, en visant la tête. Elle n'apercevait qu'une vague silhouette mais le coup porta. Il avait lâché prise. Sydney en profita pour dégainer son couteau et franchir la porte.

À l'extérieur, la mer était noire comme de l'encre. Elle longea le mur en tâtonnant en direction du scooter. Puis les ténèbres s'illuminèrent. Son poursuivant avait allumé sa torche et se précipitait sur elle. Sydney fit face, frappant au hasard devant elle avec sa lame. Le troisième coup l'atteignit à l'avant-bras mais elle avait touché son adversaire. Le couteau et la torche disparurent simultanément dans l'obscurité.

Sydney hésita un instant, puis se rua sur sa proie à mains nues. Ses doigts glissèrent sur la combinaison en Néoprène alors que la barre en fer passait à deux doigts de son masque. Elle attrapa le bras de son agresseur et le tordit férocement. À terre, ce mouvement aurait mis son adversaire hors de combat en lui démettant l'épaule. Mais pas dans l'eau. Elle saisit la barre, tira un coup sec et s'apprêta à frapper à son tour.

Le combat tournait à son avantage. Il lui déplaisait de taper sur quelqu'un dont elle ne distinguait pas les traits. D'après la taille et la force de son agresseur, ce devait être une femme. Sydney abattit son arme puis se précipita pour arracher l'embout de l'inconnue. Une flopée de bulles lui fouetta le visage. L'autre se débattait avec l'énergie du désespoir. Sydney appuya fermement sur les épaules de sa rivale qui s'enfonça dans les ténèbres. La voie était libre. Elle revint sur le pont.

À son grand soulagement, le scooter était toujours à la même place et le GPS intact. Sydney mit plein gaz et s'éloigna du navire. Elle ne battait aucun record mais, à cette vitesse, aucun nageur n'était capable de suivre.

À supposer qu'elle ait survécu.

Elle avait dû mettre son adversaire en grosse difficulté. Il était peut-être perdu dans les ténèbres à aspirer sa dernière goulée d'air. Elle préféra ne pas y penser.

C'était de la légitime défense. Elle voulait le prototype à n'importe quel prix. Y compris ma vie.

L'identité de son agresseur, quant à elle, ne faisait aucun doute dans son esprit.

Ashley. Qui d'autre ?

À l'approche de la côte, Sydney coupa le contact de son engin et décida d'aborder en un autre point de la plage. Apparemment, elle n'avait pas été suivie, mais il valait mieux rester prudente. Un complice de son agresseur pouvait être resté en embuscade à attendre son retour. Remontant à la surface, Sydney scruta le rivage désert. Ce serait idiot de se faire subtiliser le prototype maintenant.

Elle sortit de l'eau en essayant de faire le moins de bruit possible. Elle abandonna le scooter sur le sable, retira ses palmes, son masque et sa bouteille qu'elle laissa sur place. Elle gravissait maintenant le léger escarpement pour rejoindre la route, tous ses sens en éveil.

Aucun mouvement suspect dans les buissons. Sydney atteignit enfin sa voiture. Personne ne semblait y avoir touché, pas de traces de pas sur le sable, à part les siennes. Puis, subitement, elle réalisa qu'une seconde auto devait se trouver dans les parages. Celle d'Ashley. Elle courut vers l'endroit où elle l'avait surprise s'enfuyant la dernière fois. Rien. Elle fouilla aux alentours, à la recherche d'un quelconque indice. En vain.

Sydney revint vers la côte et observa longuement l'océan, profitant de l'éclat de la lune. Aucun plongeur à l'horizon. Elle repensa au sort de son adversaire. Ashley s'était-elle noyée ?

J'aurais pu la ramener à la surface.

Elle imaginait la pauvre fille désorientée dans l'obscurité, essayant désespérément de regagner la surface.

Après tout, c'est de sa faute !

Mais Sydney se sentait terriblement coupable.

Elle redescendit sur la plage ramasser ses affaires et les ramener à la voiture. Elle se changea rapidement, sortit le prototype et récupéra son portable du SD-6 avant de refermer le coffre.

À l'intérieur du véhicule, Sydney alluma le plafonnier et regarda la boîte contenant le prototype.

Elle avait peu souffert des outrages du temps. Ce n'était pas le cas du cadenas qui était totalement rouillé. Il y avait aussi d'importantes traces de corrosion autour du couvercle. Elle éteignit la lumière et composa le numéro de son patron.

— Wilson, à l'appareil.

Sydney se demanda s'il lui arrivait parfois de dormir.

— C'est Sydney. Je l'ai, répliqua-t-elle timidement, toujours sous le coup du passage de savon de la veille.

— Voilà qui est mieux !

Sa voix était redevenue chaleureuse. Sydney pouvait presque l'entendre sourire.

— À quoi ça ressemble, reprit-il.

— La boîte n'a pas trop souffert.

— Elle est intacte.

— Et verrouillée. Vous voulez que je l'ouvre ?

— Non ! s'exclama-t-il. Je préfère qu'on le fasse en laboratoire. Il y a de l'eau à l'intérieur ?

Sydney la secoua près de son oreille.

— Je ne crois pas. On dirait qu'elle a été scellée.

— Superbe ! Je savais que vous réussiriez.

— Ouais, enfin… qu'est-ce que j'en fais maintenant ? Je me suis battue avec Ashley sur l'épave et j'ignore ce qu'elle est devenue.

— Vous deviez vous en occuper.

— C'est ce que j'ai fait. Mais je ne l'ai pas vue ressortir de l'eau.

Wilson resta silencieux quelques instants.

— Nous n'avons trouvé aucune trace d'elle avant son entrée à la fac. Ashley Evans est un faux nom. Ça ne doit pas beaucoup vous surprendre.

— Rien de ce qui concerne Ashley ne me surprend. Écoutez, Wilson, je ne peux pas ramener le prototype à l'hôtel. Ma chambre a été visitée ce matin même. Je n'ai confiance en personne. Je ne sais pas qui m'observe dans l'ombre, qui écoute mes conversations. Il me paraît difficile de le garder trop longtemps avec moi.

— Je suis d'accord, répondit Wilson. Le mieux serait de le ramener à Los Angeles.

— Pas en avion ! Si je le mets dans mes bagages, je suis persuadée que nous ne reverrons jamais ma valise. Et je me vois mal le prendre en cabine. Il ne passera pas les portiques de sécurité.

— En effet.

— Alors, on fait comment ?

— Accordez-moi deux jours. Un de nos navires est en reconnaissance dans le secteur. Il pourrait être à Honolulu mercredi soir.

— Mais nous sommes lundi ! Je fais quoi en attendant ?

— Deux choses. Gardez-le toujours avec vous et surtout essayez de rester en vie.

11

— Waou ! C'est drôlement haut, dit Francie en se penchant au-dessus du précipice. Tu parles d'une chute.

— Je ne suis pas très inquiète pour toi, répliqua Sydney à travers les bourrasques de vent. Tu réussis toujours à rebondir.

— Je ne pense pas que ça marche ce coup-ci.

Sydney éclata de rire. Pourtant elle n'était pas vraiment d'humeur à plaisanter.

Toute la confrérie était partie en excursion à Nuuanu Pali, dans les montagnes au sud de l'île, dès les premières lueurs du jour. Elles n'étaient qu'à quelques dizaines de kilomètres de Waikiki mais le paysage était complètement différent. Les montagnes étaient impressionnantes. Sydney se souvenait des paroles du guide dans le bus qui racontaient les exploits du guerrier Kamehameha le Grand qui avait vaincu ces sommets lors de la conquête de l'île. Au loin, les édifices du front de mer apparaissaient comme des maisons de poupées. Les rouleaux du Pacifique venant s'échouer sur les plages semblaient en sucre vanillé. La beauté du site était à couper le souffle. Pourtant Sydney avait d'autres soucis en tête : le prototype qu'elle trimbalait dans son sac à dos et cette brave Ashley qui longeait le précipice à quelques mètres devant elle.

Elle avait été étonnée de la voir grimper dans le bus le matin même, comme si de rien n'était. Malgré tout ce qui s'était passé entre elles, Sydney était cependant heureuse de constater qu'elle ne l'avait pas tuée.

Je l'aurais fait, si elle s'était obstinée, pensa-t-elle sans quitter sa rivale des yeux.

Comme si elle lisait dans son esprit, Ashley se retourna au même moment et la foudroya du regard. L'hostilité entre elles était pratiquement palpable. Sydney s'étonnait que personne ne l'ait encore remarqué. Mais les autres filles continuaient à bavarder tranquillement en s'extasiant devant la beauté des lieux.

— Je retourne au bus, annonça Francie. Je crois que j'ai laissé mes lunettes de soleil sur mon siège.

Sydney acquiesça distraitement, son attention toujours concentrée sur Ashley. Elle marchait maintenant tout au bord du gouffre, si près qu'une rafale de vent pouvait la faire basculer dans le vide.

Ce qui arrangerait pas mal de choses.

Du moment qu'elle n'avait pas sa mort sur la conscience, pourquoi ne pas se réjouir d'une pareille aubaine…

Je n'aurais plus à craindre constamment de me faire dérober le prototype. Ma couverture…

— Waou !

Une main inconnue venait de s'abattre sur son épaule. Sydney avait crié alors que son cœur commençait à s'emballer.

Ce n'était que Roxy.

— À quoi pensais-tu ? s'exclama-t-elle en souriant. Tu as cru que j'allais te précipiter dans le vide ?

*
* *

— Je ne suis pas autorisée à vous révéler l'emploi du temps de l'agent Hicks, répliqua sèchement une voix féminine à l'autre bout du fil.

— Je ne vous demande pas son emploi du temps. Je voulais simplement savoir…

— Je ne suis pas autorisée à vous répondre sur quoi que ce soit concernant l'agent Hicks, l'interrompit l'opératrice du SD-6. Laissez-lui un message. C'est tout ce que je peux faire pour vous.

J'imagine qu'il est inutile de vous demander son numéro de portable.

Mais Sydney n'eut pas le courage d'insister. Elle se sentait déjà aux limites du pathétique.

— Pas de message, répondit-elle avant de raccrocher.

Mieux valait éviter d'être à l'origine d'une rumeur qui bientôt enflerait au quartier général.

Elle posa le téléphone à côté d'elle, s'assit sur le sable et s'absorba dans la contemplation du coucher de soleil. Elle avait enfin réussi à quitter le groupe pour passer son fichu coup de fil. Il n'était sans doute pas très prudent de relâcher la surveillance d'Ashley, mais elle devait parler à Noah.

Si j'avais accepté son aide au lieu d'agir comme une gamine, à l'heure actuelle, nous serions deux pour veiller sur le précieux colis. Il aurait même pu se charger de la livraison à ma place.

Pourtant, ce n'était pas l'unique raison de son appel. Depuis leur rencontre, elle n'avait pas cessé un seul instant de penser à lui.

Je ne peux pas laisser courir de cette façon, se lamentait-elle. *Je lui dois des excuses. Au risque qu'il m'envoie bouler*.

Elle n'était cependant pas certaine qu'il le ferait. En réalité, elle n'était sûre de rien. Après tous ses grands discours sur les dangers de tisser des liens trop intimes entre collègues, il paraissait difficile d'imaginer qu'il voulait maintenant… En ne sautant pas sur l'occasion, elle avait agi comme… comme…

Comme une fille appartenant à une de ces minables confréries, s'avoua-t-elle, déprimée.

— Tiens, tu es là !

La voix de Francie la tira de ses pensées.

— Qu'est-ce que tu fiches ?

— Je… je me balade. Je regarde le soleil couchant. Et toi, qu'est-ce que tu viens faire ici ?

— Je te cherchais, répondit Francie en s'asseyant à ses côtés. Je ne savais pas où…

Elle ne termina pas sa phrase.

— C'est quoi ce téléphone ?

Elle tendit la main pour l'attraper mais Sydney fut plus rapide qu'elle et le fit disparaître dans la poche de son short.

— C'est le mien.

— Le tien est bleu. Celui-ci est noir.

Sydney se força à rire.

— Rien ne t'échappe, Sherlock. Préviens Scotland Yard que j'en ai acheté un nouveau.

— Tu as gardé le même numéro ?

— Oui.

Elle pourrait toujours l'appeler sur l'ancien. D'ailleurs, il était hors de question qu'elle lui donne son numéro professionnel.

— Il ne passait pas ici ? Tu as changé de forfait ?

Sydney espérait qu'elle allait bientôt changer de sujet. Toutes ces questions commençaient à la rendre nerveuse.

— Je ne sais pas, Francie. L'essentiel, c'est que ça marche.

— Tu es allée bien loin pour passer ton coup de fil. Tu appelais qui ?

— Quel rapport avec le téléphone ?

— Aucun, mais je ne comprends pas pourquoi tu m'évites. Tu ne me dis pas où tu vas et je passe mon temps à te chercher.

— C'est faux.

— C'est vrai. Chaque fois que je tourne le dos, tu disparais. Nous ne traînons plus jamais ensemble.

— Mais, Francie, nous ne pouvons pas rester collées l'une à l'autre toute la sainte journée !

Francie hésita un instant en se mordillant la lèvre inférieure. Puis elle haussa les épaules.

— Les autres filles sont sympas. Ce n'est pas le problème. Pourtant… je ne sais pas. C'est différent entre nous.

Elle poussa un profond soupir.

— Tu ne m'aimes plus ?

— Bien sûr que si ! s'exclama Sydney en la prenant par les épaules.

— Alors qui appelais-tu ?

— Euh… Enfin, j'ai entendu parler d'un cabaret

sensationnel dans le coin et je me demandais si on ne pourrait pas y aller ce soir. Je me renseignais sur le prix.

— C'est cher ?

Sydney énonça un chiffre au jugé, en espérant la décourager. Francie ouvrit de grands yeux.

— Tu plaisantes ! L'excursion d'aujourd'hui m'a déjà mise sur les rotules. Si Roxy demande encore des sous, il ne me reste plus qu'à terminer mon séjour en mangeant des chips. Et je dois t'avouer que je commence à en avoir marre.

Sydney éclata de rire.

— Que dirais-tu alors d'un hot dog et d'un cinéma ?

— Rien que toutes les deux ? demanda Francie, pleine d'espoir.

Sydney réalisa trop tard que si elle allait au cinéma avec sa copine, elle ne pourrait pas garder un œil sur Ashley.

D'un autre côté, Ashley ne tenterait probablement pas de lui voler le prototype au milieu de la foule des spectateurs.

— Oui, promit-elle. Rien que toi et moi.

*
* *

La moitié des filles étaient encore au bord de la piscine quand Sydney et Francie rentrèrent du cinéma. A la grande surprise de Sydney, Ashley était dans l'eau, portant un maillot de bain rose si fin qu'il laissait apparaître les côtes.

— C'est étonnant qu'elle se mouille les cheveux,

persifla Francie. Elle va passer le reste de la nuit à se refaire la permanente.

— Penses-tu, murmura Sydney en retour. Elle a tout un staff.

— Tu veux te baigner ? L'eau a l'air bonne, proposa Francie.

Sydney aurait volontiers piqué une tête mais elle aurait dû abandonner son sac à dos et avec Ashley qui traînait dans le coin…

— Non, je préfère m'installer sur une chaise longue à siroter un petit cocktail en te regardant, répliqua-t-elle.

— Feignante !

— Parfaitement. Tu montes te changer ?

— Ouais. J'en ai pour une minute.

— Dis-moi, si tu vois un de ces danseurs exotiques à la réception, envoie-le-moi avec une corbeille de fruits.

Francie secoua la tête en souriant d'une oreille à l'autre.

— Tu confonds Hawaï avec Rome.

— Tu crois ?

Francie partit enfiler son maillot. Sydney s'installa dans une chaise longue à regarder les baigneurs. Ashley venait d'atteindre le bord opposé, puis, après avoir accompli un demi-tour parfait, se dirigeait droit sur Sydney. Son crawl était puissant, ce qui n'avait rien d'étonnant. Elle refit bientôt surface juste devant sa rivale, son épaisse chevelure ruisselant d'eau. Elle ouvrit les yeux. Sydney continuait à la fixer.

Ashley frissonna. Son regard était chargé de haine.

Puis elle se ressaisit, plongea à nouveau et repartit en direction de la cascade artificielle.

— Hé ! Quoi de neuf ? s'exclama Keisha en se laissant tomber sur la chaise longue à côté de celle de Sydney. Si j'avais su qu'on s'ennuyait autant à Hawaï !

— Tu ne nages pas ? s'étonna Sydney, le sourire aux lèvres.

— Encore ?

Keisha prit une mine boudeuse.

— De l'eau, encore de l'eau ! Je me demande pourquoi nous ne sommes pas allées à Vegas. C'est aussi au milieu de nulle part mais au moins on peut y jouer.

— Je ne suis pas très joueuse.

— Tu respires, n'est-ce pas ? répliqua Keisha. La vie, c'est comme un jeu.

La mienne en tout cas, pensa Sydney en se tournant vers la cascade.

Ashley n'était toujours pas réapparue.

— Demain soir, on fait une virée en boîte, poursuivit Keisha. Enfin un endroit sur cette île qui ne baisse pas le rideau de fer à dix heures.

— Ouais, marmonna Sydney distraitement.

Elle se demandait ce qu'Ashley pouvait bien faire derrière le rideau de flotte. Elle y était depuis une éternité.

— Je vais essayer de trouver Roxy, déclara Keisha en se relevant. Elle a toujours quelque chose à raconter.

— À plus tard.

Sydney lui adressa un petit signe amical alors qu'elle s'éloignait déjà.

Aucun signe d'Ashley. Sydney sentit son estomac se nouer.

Je me demande si elle est toujours là.

Elle n'aurait pas été étonnée qu'Ashley se soit évaporée juste sous son nez. C'était une professionnelle. Il fallait réagir. Et vite. Sydney se leva. Elle devait aller voir. Rien derrière la cascade. L'endroit était désert.

Ashley avait disparu.

Elle revint en courant pour inspecter les abords de la piscine. Aucune trace de l'espionne. Sydney était partagée. Devait-elle se lancer à sa recherche pour découvrir ce qu'elle manigançait ? Ou bien, s'agissait-il d'un piège pour l'attirer à l'écart pour lui subtiliser le prototype ?

Sydney réfléchit quelques secondes puis s'élança à sa poursuite. Elle savait où Ashley s'était changée la dernière fois qu'elle avait quitté l'hôtel. Elle voulait en avoir le cœur net.

Avançant à la faveur de l'ombre, Sydney espérait la cueillir au même endroit. Mais cette fois-ci, au lieu de passer par l'extérieur, elle suivrait le chemin bordé d'arbres et de buissons qui remontait de la piscine. Tous ses sens étaient en alerte maximum.

Un bruit sur la gauche lui glaça le sang. Quelque chose paraissait bouger derrière les hibiscus, du côté du mur. Sydney se planqua derrière un palmier et attendit.

Pas longtemps.

Une poignée de secondes plus tard, Ashley émergeait des buissons, habillée tout en noir. Seule son épaisse chevelure blonde était perceptible dans l'obscurité. Elle disparut à son tour.

Camouflée sous le chapeau, en déduit Sydney. *Elle ne se doute pas que je suis sur ses traces !*

De toute évidence, Ashley repartait dans une de ses missions secrètes.

Je ne dois pas la lâcher d'une semelle.

Sortant de sa cachette, Sydney lui emboîta le pas à distance. Arrivée à l'arrêt de bus, Ashley se fondit dans l'obscurité d'une encoignure de porte. Sydney s'arrêta, persuadée que sa rivale sauterait dans le bus dès qu'il arriverait. Sydney fit demi-tour et partit chercher sa voiture. Elle était pratiquement sûre de la destination d'Ashley – et cette fois-ci elle voulait être la première sur place.

Les abords de l'entrepôt étaient déserts, à l'exception d'un poivrot qui se soulageait dans le caniveau. Sydney tourna au coin de Hotel Street et se gara une centaine de mètres plus bas. En revenant sur ses pas, elle remarqua une vitre cassée. L'intérieur du bâtiment était plongé dans l'obscurité. Angoissée, elle se demanda si elle ne s'était pas trompée. Ashley l'avait peut-être repérée devant l'hôtel et elle était descendue du bus au premier arrêt. Sydney commençait à désespérer quand un rayon de lumière balaya la pièce, bientôt suivi d'un bruit de pas.

Elle se fit la plus petite possible, son cœur battant à tout rompre. Un homme en pantalon de l'armée et polo ouvrait la marche. Il s'arrêta devant une grande caisse trônant au centre de la pièce puis inspecta les alentours avec sa torche. A peine quelques secondes plus tard, Ashley apparaissait dans le halo de lumière, se protégeant les yeux avec la main.

— Vous êtes venue seule ? aboya-t-il.

— Évidemment, lança Ashley. Pouvez-vous braquer votre lampe ailleurs ?

Il abaissa sa torche. Le couple disparaissait maintenant dans la pénombre.

— Vous l'avez ? demanda-t-elle.

— À votre avis ?

Ils se dévisagèrent un bon moment en silence. Puis l'homme passa la main sous son polo et en sortit un paquet de la taille d'une brique, enveloppé dans du papier.

— Vous avez bien compris les termes du contrat ? poursuivit-il. Tout est parfaitement clair ?

Ashley acquiesça.

Il lui tendit le paquet puis arrêta son geste.

— Vous n'essayez pas de m'avoir.

— Vous plaisantez.

— D'accord.

Il tendit à nouveau la main. Ashley prit le colis et s'empressa de le ranger dans son sac.

— Je vous contacterai.

— Ne soyez pas trop longue.

Ashley hésita un instant comme si elle voulait ajouter quelque chose puis tourna subitement les talons et sortit du bâtiment. Sydney la regarda partir. Elle ne savait pas s'il valait mieux la suivre ou s'attacher aux pas de son mystérieux interlocuteur.

Ashley a emporté le paquet.

Cette constatation la décida aussitôt. Il fallait absolument qu'elle sache ce qu'il contenait.

Sydney se dépêcha de regagner l'avant de l'entrepôt, pensant qu'Ashley allait prendre à gauche comme la dernière fois. Elle arrivait au coin de la rue quand elle vit sa rivale surgir subitement devant elle à moins d'une dizaine de mètres. Elle avait pris à droite. Sydney n'eut que le temps de se cacher derrière une poubelle. Par chance, Ashley passa devant elle sans remarquer sa présence.

Un taxi l'attendait sur Hotel Street. Ashley pressa le pas, ouvrit la portière et s'installa à l'arrière.

C'était donc ça, réalisa Sydney, le cœur au bord des lèvres. Le paquet devait contenir quelque chose de suffisamment précieux pour qu'Ashley ne veuille pas prendre le risque de repartir à pied. Le taxi démarra alors que Sydney courait rejoindre sa voiture.

Elle retrouva sa rivale quatre pâtés de maisons plus loin. Sydney tourna à gauche. Il était plus prudent d'emprunter une rue parallèle et de s'assurer que le taxi était encore là à chaque carrefour. D'autant qu'elle était pratiquement certaine qu'Ashley retournait à Waikiki.

Arrivé presque à destination, le taxi s'arrêta pour laisser descendre sa passagère. Sydney se gara le long du trottoir et resta derrière le volant à espionner sa rivale. Ashley paya sa course. Elle paraissait plus détendue qu'à Chinatown. Elle enleva son chapeau, libérant son épaisse chevelure blonde. Sydney sortit du véhicule et lui emboîta le pas. Il n'y avait pas beaucoup de cachettes sur le chemin qui conduisait à l'entrée de l'hôtel, mais elle pourrait toujours inventer une explication crédible pour justifier sa présence dans le coin.

Il n'y avait plus de portier à cette heure tardive. Le concierge sommeillait derrière son comptoir. Ashley attendait devant les ascenseurs. Elle s'engouffra dans le premier arrivé. Sydney se précipita pour voir où elle allait.

Elle descend au sous-sol ?

Les chambres étaient toutes situées dans les étages supérieurs. En bas, il n'y avait que des salles de réunion, un dancing et un institut de remise en forme…

Elle va mettre son paquet à l'abri.

Sydney se rua dans les escaliers. L'ascenseur s'arrêta au deuxième niveau. Ashley semblait prendre tout son temps en se dirigeant vers la salle de gym. Elle poussa la porte vitrée et pénétra dans la pièce plongée dans l'obscurité. Sans un regard pour les équipements, elle fila droit vers les vestiaires.

Qu'est-ce que je fais maintenant ? se demanda Sydney.

La suivre dans la salle de gym pouvait lui coûter cher. D'un autre côté, en l'attendant à l'extérieur, elle risquait de la perdre si Ashley disparaissait par une autre sortie. Sydney n'avait pas le choix. Elle pénétra à son tour dans la pièce.

Les vestiaires n'étaient éclairés que par le panneau lumineux indiquant la sortie juste au-dessus de la porte. Sydney longea les cabines de douche avant d'atteindre les casiers alignés au centre de la pièce. Pas d'Ashley à l'horizon, seul un léger bruit de clé dénotait sa présence à l'autre extrémité de la rangée. Sydney avançait à pas de loup. Arrivée au coin, elle passa prudemment la tête et la retira aussitôt.

Ashley rangeait le paquet dans un des casiers.

Sydney battit prudemment en retraite vers les cabines de douche. Elle entendit la porte du casier claquer puis le bruit du cadenas dont Ashley vérifiait la fiabilité et enfin, les pas de l'espionne regagnant la salle de gym. Sydney poussa un soupir de soulagement en entendant la porte d'entrée se refermer. La voie était libre pour vérifier le contenu du paquet.

Elle courut vers l'endroit que venait de quitter sa rivale. Tous les casiers étaient pourvus d'une clé, sauf un. Sydney tira un jeu de passes de son sac et entreprit de faire sauter le verrou. L'affaire de quelques secondes.

Elle attrapa le paquet, le soupesa et commença fébrilement à déchirer l'enveloppe. Une première couche de papier…

Aaaaahhhh !

Elle venait de recevoir un violent coup derrière la tête. Sydney essaya de se retourner mais ses jambes la lâchèrent. Un rideau noir descendit devant ses yeux…

Une chevelure blonde. Ce fut la dernière chose qu'elle vit avant de s'évanouir.

12

— Non, Wilson, il est trop tôt, marmonna Sydney. Appelez plus tard.

Sa langue pesait des tonnes, elle pouvait à peine bouger la tête. Elle essaya de s'enfouir sous les couvertures mais, à sa grande surprise, ses mains se refermèrent sur le vide.

Puis la mémoire lui revint subitement. Le sang afflua dans ses veines. Sydney ouvrit les yeux en grand. Elle était étendue sur le sol de la salle de gym et, d'après sa montre, elle y était depuis un bon moment.

— Le prototype ! gémit-elle en s'asseyant.

La pièce tanguait comme un navire dans la houle. Elle avait envie de vomir. Son crâne lui faisait affreusement mal. En se passant la main dans les cheveux, elle découvrit une bosse grosse comme un œuf, juste derrière l'oreille. Grâce à Dieu, la blessure ne saignait pas. Sydney respira profondément avant de tendre le bras et d'attraper son sac. Elle avait peur de ce qu'elle allait trouver.

Ses mains tremblaient en inspectant le contenu des différentes poches : crème solaire, lunettes noires, une carte, et – grâce à Dieu – le prototype. Il était toujours enveloppé dans le T-shirt qu'elle avait utilisé pour le camoufler. La boîte n'avait pas été ouverte, la serrure était intacte.

Ashley était donc passée à côté ?

Elle devait être trop pressée de mettre son colis à l'abri pour se soucier du prototype…

Sydney regarda autour d'elle, chaque mouvement lui était douloureux. Le casier était resté ouvert. Elle se leva avec d'infinies précautions. Il était vide.

Le paquet avait disparu.

*
* *

Sydney attendit encore une demi-heure avant de se décider à rejoindre l'ascenseur. Le voyage jusqu'au seizième étage lui parut interminable. Elle enfila le couloir et s'arrêta devant la chambre d'Ashley.

Sydney tourna la poignée, la porte s'ouvrit. Elle n'aurait pas à la défoncer.

— Sydney ! s'exclama Gretchen, surprise.

Elle portait une robe de chambre sur un pyjama rose, son front était barré de crème de nuit orange.

— Qu'est-ce qui te prend ? Tu as vu l'heure ?

— Il faut que je voie Ashley, répliqua Sydney en s'avançant dans la pièce.

Seul le lit près de la fenêtre était défait, l'autre était intact.

— Elle n'est pas là, répondit Gretchen. Et si tu le permets, j'aimerais bien retourner me coucher.

— Il faut que je lui parle. Où est-elle ?

Gretchen la foudroya du regard.

— Tu as bu ?

— Un peu.

C'était une excuse comme une autre.

— Je... tu pourrais me dire où la trouver ? Gretchen ? S'il te plaît ?

Gretchen la considéra un instant puis hocha la tête et s'assit sur son lit.

— Elle est rentrée à la maison.

— Quelle maison ?

— Chez elle à Los Angeles. C'est une ville américaine, tu te souviens ?

— Tu veux dire qu'elle a fait ses bagages et qu'elle est partie comme ça ?

— Elle a reçu un coup de téléphone – une urgence familiale. Elle a filé immédiatement.

Un mensonge probablement. Mais les choses commençaient à prendre un sens.

— Quelqu'un de malade dans son entourage ?

Sydney espérait en apprendre davantage.

Gretchen haussa les épaules.

— Elle n'a rien dit. Ashley n'est pas du genre à se confier. C'est une fille plutôt secrète.

— Je sais.

*
**

— Tu ne devrais pas te baigner aujourd'hui, s'inquiéta Francie en étalant sa serviette de plage à côté de celle de son amie. Pas avec la bosse que tu as sur le crâne.

— Ce n'est pas grave, répliqua Sydney. Mais pas un mot à quiconque, d'accord ?

Pour expliquer son départ précipité de la piscine, la veille au soir, Sydney avait raconté qu'elle était allée dans un bar au bord de l'eau où elle avait rencontré un garçon qui l'avait fait boire. Elle était tombée à la renverse en rentrant et sa tête avait violemment cogné contre le sol. Francie avait tâté la bosse avant de proposer à Sydney de l'emmener à l'infirmerie de l'hôtel. Elle avait refusé.

— Ne viens pas te plaindre si tu meurs pendant ton sommeil, avait ronchonné Francie en abandonnant la partie.

Sydney avait dormi comme une souche. Elle se sentait beaucoup mieux à son réveil. Elle avait enfilé son maillot de bain noir pour rejoindre les filles sur la plage. Au programme, initiation au surf. Tout le monde était là.

Tout le monde, sauf Ashley.

Sydney ne parvenait pas à croire qu'elle était vraiment partie, même si Roxy avait confirmé les paroles de Gretchen. Personne, par ailleurs, ne semblait beaucoup se préoccuper de son sort.

— Hé, Sydney ! Tu viens ? cria Roxy en désignant une planche.

L'eau était bleu turquoise. Pas une vague, à peine un clapotis. L'océan ressemblait à une gigantesque baignoire où il ferait bon se glisser. La plupart des filles s'exerçaient déjà à surfer sur cette mer d'huile en riant aux éclats de leurs maladresses.

— Dépêche-toi ! ajouta Roxy. Il faut que tu essaies. Tu verras, c'est génial.

Sydney hésitait à abandonner son sac. Mais après le départ d'Ashley, qui pourrait bien essayer de voler le prototype ? Sans compter que toute la confrérie était rassemblée sur la plage. Elle tira sa serviette sur le sac et se leva pour rejoindre la présidente.

— Je me jette à l'eau, dit-elle. Mais seulement si tu me promets de ne pas te moquer de moi.

Roxy secoua la tête.

— Pas de traitement de faveur, répliqua-t-elle en souriant de toutes ses dents.

— Tu m'accompagnes, Francie ? demanda Sydney.

— Non, répondit-elle, en désapprouvant du regard.

Roxy mit la planche à l'eau.

— Montre-nous ce que tu sais faire, lança-t-elle.

Sydney se pencha pour tourner l'engin quand une sonnerie la fit sursauter. Elle avait laissé son portable du SD-6 dans son sac.

— Je crois que c'est le mien, s'exclama Roxy en se précipitant vers ses affaires pour répondre.

— Allô ?

— Tu tiens vraiment à monter là-dessus ? reprit Francie en profitant de l'interruption. Tu es complètement folle.

— Allons, ma grande. Si j'avais dû mourir du choc, ce serait déjà fait !

Elle avait essayé de dédramatiser la situation mais Francie ne voulait pas en démordre.

— Tu as drôlement changé ces derniers temps, marmonna-t-elle.

Sydney jeta un regard inquiet en direction de Roxy, mais celle-ci leur tournait maintenant le dos.

— Non ?... C'est complètement dingue, disait-elle à mi-voix. Que va-t-il se passer ?

— Francie, je t'en prie, poursuivit Sydney. L'incident est clos. Oublie la nuit dernière. Il ne reste plus que deux jours de vacances. Essayons de nous amuser.

— Je voudrais bien.

Sydney se pencha vers elle.

— On ne va pas se disputer devant tout le monde, lui murmura-t-elle à l'oreille.

Francie haussa les épaules et s'absorba dans la contemplation de l'horizon.

Roxy raccrocha.

— Vous n'allez pas le croire, s'exclama-t-elle en se tournant vers les deux amies.

Elle était blanche comme un linge.

— De quoi parles-tu ? demanda Sydney, soupçonnant quelque chose d'important.

— Ashley a été arrêtée ce matin à l'aéroport d'Honolulu. Elle est en prison.

Francie ouvrit de grands yeux.

— Pourquoi ?

— Trafic de drogue, répondit Roxy, le souffle coupé. C'est incroyable.

Pour une surprise, c'est une surprise, pensa Sydney.

13

Sydney filait vers la prison dans sa voiture de location, encore sous le choc du dernier rebondissement. Il semblait difficile de croire qu'il s'agissait d'une nouvelle ruse – ça n'aurait aucun sens. Pourquoi Ashley aurait-elle décidé de s'exclure de la confrérie ? De façon aussi définitive…

Parce que je la vois mal revenir, pensa Sydney. *Pas après une histoire comme celle-ci.*

Quoi qu'il puisse arriver, Ashley ne réintégrerait jamais Alpha Kappa Khi.

— Je le savais, s'était exclamée Keisha dès que les filles avaient été mises au courant.

— Tu ne savais rien, avait protesté Roxy.

— Bon. Disons que je m'en doutais, si tu préfères, avait poursuivi Keisha. Cette nana avait un comportement étrange. Elle se tenait constamment à l'écart.

— Je suis d'accord avec toi, était intervenue Katie. Elle n'était pas des nôtres.

Un murmure d'approbation avait parcouru l'assistance. Les filles étaient plus choquées d'avoir été flouées que révoltées par les agissements de leur ancienne consœur.

— Attendez qu'on apprenne ça à la fac ! s'était inquiétée Kira.

— Ça ne va pas être triste, avait renchéri Lee Ann.

Même Gretchen, censée être l'amie d'Ashley, avait acquiescé avec le reste du groupe.

— J'ai toujours pensé qu'elle cachait quelque chose. En réalité, nous n'étions pas très proches l'une de l'autre.

— Ce qui compte maintenant, avait embrayé Roxy, c'est de limiter les dégâts. Ashley a fait ce qu'elle a fait. À elle de se tirer d'affaire. Quant à nous, il faut impérativement éviter d'être éclaboussées par le scandale.

Elle avait parlé avec fermeté, en martelant les derniers mots du poing. La salle avait bruyamment approuvé.

— Je me trompe peut-être, mais elles n'ont pas l'air très malheureuses, avait glissé Francie à l'oreille de Sydney.

— On ne peut pas dire que ça leur fende le cœur, avait répliqué Sydney à mi-voix. Et dire que je pensais être la seule à ne pas aimer Ashley.

— Tu parles d'une confrérie, avait ajouté Francie avec dédain. Elles la laissent tomber sans même connaître sa version des faits.

Sydney avait hoché la tête.

— Je suis d'accord avec toi.

Ce lynchage d'Ashley était choquant et remettait fondamentalement en cause l'esprit de fraternité censé régner au sein du groupe.

— Tu sais ce que je vais faire, avait poursuivi Sydney en sautant sur l'occasion qui lui était offerte. Quitter cette réunion en prétextant un mal de crâne, sauter dans un taxi et filer à la prison pour voir ce qu'il en est. Ashley a peut-être besoin d'aide.

Elle s'était attendue à ce que Francie pousse des hauts cris, mais celle-ci parut plutôt soulagée.

— Je viens avec toi, avait-elle proposé.

— Non ! avait aussitôt répliqué Sydney. Je préfère que tu restes ici pour justifier mon absence. Pour l'instant, il vaut mieux que personne ne sache où je suis allée.

— Pourquoi ne pas envoyer Gretchen ou Roxy ?

Sydney avait haussé les épaules.

— Au fond, j'aimais bien cette fille. Je veux savoir ce qui s'est passé.

— Quand reviens-tu ?

— Aucune idée. Sans doute assez tard. Tu me promets de ne pas t'inquiéter ?

Francie avait souri.

— Toi, tu es une copine. Tu sais ça ?

Je peux compter sur elle pour me servir d'alibi, pensait-elle en approchant de la prison.

Après avoir quitté Francie, Sydney s'était précipitée dans sa chambre pour enfiler une paire de jean et des baskets. Elle avait caché le prototype dans le pot de fleurs près de la fenêtre. Ce n'était pas très raisonnable de l'abandonner à l'hôtel, mais c'était certainement moins risqué que de l'emmener en prison où elle serait probablement fouillée. Et puis la cachette lui semblait bonne. Qui songerait à chercher là ? De toute façon, si toute cette histoire se révélait être un immense canular et qu'Ashley n'était pas le moins du monde en prison, elle serait largement de retour à l'hôtel avant qu'on ait remarqué son absence.

Sydney gara sa voiture et se dirigea vers le poste de police, persuadée qu'Ashley n'y serait pas. Mais elle y était bel et bien. Après quelques rapides explications, Sydney fut conduite à sa cellule.

— Ashley ?

C'était troublant de la retrouver derrière des barreaux. Ashley était assise sur l'étroite couchette en fer. Elle se tenait la tête entre les mains. Elle leva les yeux. Ils étaient remplis de larmes. Sydney ne l'avait jamais vue sans maquillage. Elle paraissait beaucoup plus jeune. Jeune et vulnérable.

— Tu dois être contente, lança-t-elle entre les sanglots.

Elle ne paraissait pas surprise de voir Sydney.

— Tu as réussi ton coup ?

— Quel coup ? Je suis surtout surprise de ce qui t'arrive. Roxy raconte à tout le monde que tu as été arrêtée pour trafic de drogue.

— Ne me dis pas que ça t'étonne, répliqua-t-elle en foudroyant Sydney du regard. Ne joue pas les mijaurées.

Sydney ignora le sarcasme, surprise par la façon dont Ashley avait prononcé les derniers mots.

— Tu as un accent, embraya-t-elle. J'en étais sûre. Ton petit numéro de fille des beaux quartiers n'était pas très au point. Tu aurais dû demander à ton commanditaire des cours de perfectionnement.

Ashley la regarda sans comprendre.

— Quel commanditaire ?

— Celui qui t'a fait travailler ton accent. Ça sent la sueur, ma fille !

— Super.

Une grosse larme roula sur ses joues.

— Quelle différence ça fait de toute façon ? Plus personne ne voudra me parler. Je suis définitivement virée d'AKK. Je devrai aussi changer de fac.

Sydney resta bouche bée. A priori, ce devait être le cadet de ses soucis.

— Je m'en tape, ajouta Ashley avec l'accent des faubourgs déshérités du sud. De toute façon, quand je sortirai de taule, toutes ces greluches auront fini leurs études.

Sydney ne savait pas quoi répondre. Elle ne s'attendait pas du tout à voir les choses tourner de cette façon. Ashley parlait trop. Même le plus novice des agents savait qu'il fallait en dire le minimum en attendant que sa hiérarchie le sorte de là. D'un autre côté, elle avait eu l'occasion de voir cette fille à l'œuvre. S'agissait-il d'une nouvelle ruse ?

— Ne me raconte pas n'importe quoi, lâcha-t-elle. Comme si tu ne te fichais pas des études.

Ashley lui jeta un regard haineux.

— Je suis une pauvre merde pour toi, pas vrai ?

Sydney la fixa, interloquée.

— Tu es comme les autres. Tu juges sans savoir. Tu crois que ça m'amuse de vendre de la drogue ? Quand ta mère se tirera avec son petit ami et que ton père te fichera des trempes comme le mien, alors tu pourras juger. Avec quoi j'aurais pu payer la fac ? Comment j'aurais pu être admise parmi vous ?

Ashley s'essuya les yeux d'un revers de la main et releva fièrement la tête.

— Je m'en fiche. Peu importe ce qui va m'arriver maintenant… J'aurai au moins été quelqu'un. Et crois-moi, la vie d'Ashley Evans est autrement plus agréable que celle de la pauvre petite Claralee Barker.

Sydney avait besoin de s'asseoir, mais il n'y avait pas de chaise. Elle s'agrippa au barreau pour ne pas défaillir.

— Tu as changé de nom ?

— Comme si tu ne le savais pas, aboya Ashley. J'ai changé de tout. Avec du pognon. J'ai changé d'identité, d'aspect, de manière de parler, de provenance…

Elle s'effondra en larmes.

— Mais je n'ai pas pu changer ce que j'étais au fond de moi. C'était bien la peine…

— Alors, ce paquet que tu as ramené l'autre soir, intervint Sydney.

— Il m'aurait permis de vivre plusieurs mois. Tout ce que j'avais à faire c'était de le ramener à L.A. Mais c'est fichu maintenant…

Ashley s'interrompit brutalement.

— Je veux un avocat.

— Tu n'en as pas besoin pour parler avec moi.

— Tiens donc. Parce que tout ce que je te raconte va rester entre nous ?

Ashley esquissa un sourire ironique.

— Après tout, tu ne fais que ton boulot.

— Quel boulot ?

— Écoute, je voudrais que tu saches. Tu sais… Je ne voulais pas te frapper… J'ai paniqué. Je n'ai jamais assommé… tu dois me croire. Je n'aime pas la violence.

Elle plongea la tête dans ses mains.

— Je n'aime pas la violence, répéta-t-elle. J'ai paniqué. C'était la première fois… tu dois me croire. Je n'aime pas la violence.

Elle plongea la tête dans ses mains.

— Je n'aime pas la violence, répéta-t-elle.

— Dans ce cas dis-moi ce qui s'est passé sur le bateau, rétorqua Sydney.

— Quand j'ai cru que Francie était tombée à la mer ?

Ashley releva la tête.

— J'étais soûle. J'ai dit la vérité.

Sydney faisait plutôt allusion à l'attaque dont elle avait été victime sur le *Eagle*, mais elle préféra ne pas l'interrompre.

— J'ai entendu un gros splash. Roxy aussi. C'est d'ailleurs elle qui m'a demandé s'il ne manquait pas quelqu'un.

Elle poussa un profond soupir.

— Elle va me manquer. Roxy était toujours très gentille avec moi. En fait, je crois qu'elle savait la vérité… Mais elle n'a jamais rien dit. Pas comme Jen qui menaçait de me dénoncer si je n'arrêtais pas mon petit trafic. Elle n'a jamais essayé de comprendre. Elle était née avec une cuillère en argent dans la bouche. Ses parents étaient très riches. C'était une enfant gâtée. Elle a toujours eu ce qu'elle voulait…

— Une seconde. Jen était au courant que tu vendais de la drogue ?

Ashley haussa les épaules.

— C'est toi qui l'as tuée.

L'accusation était tombée d'une voix blanche.

— Non ! Je t'assure !

Ashley paraissait sincère.

— Mon Dieu ! Jen a subi une violente attaque d'asthme.

— Mais tu souhaitais sa mort.

— Tu es folle !

Sydney était déstabilisée. Elle ne savait plus quoi penser. Rien ne collait.

— Je ne te dirai plus rien. Il vaut mieux que je me taise, annonça Ashley en revenant sur la défensive. Le fait que tu bosses pour les stups ne t'autorise pas à m'accuser de meurtre…

— Tu crois que j'appartiens aux stups ?

— Tu me prends pour une idiote, ricana-t-elle. Je te signale que tu es grillée dans la confrérie. Roxy a dû prévenir tout le monde.

— Roxy t'a mise en garde contre moi ?

Elle avait l'impression d'assembler les pièces d'un puzzle dont elle n'avait pas le modèle.

— Elle t'a dit que j'appartenais à la brigade des stupéfiants ?

Ashley esquissa un sourire entendu.

— Elle m'avait à la bonne. Au fond, elle ne pouvait pas te sentir. Ça t'étonne ? Tu croyais que c'était ton amie ? Laisse-moi te donner un petit conseil. Roxy est plus maligne que tu le penses.

Sydney resta un moment interdite.

Roxy.

C'est impossible.

Roxy !

Si Ashley disait la vérité, cela signifiait que la menace existait toujours. Et qu'elle émanait de quelqu'un que Sydney n'avait jamais suspecté.

C'est Roxy qui m'a mise sur la piste d'Ashley. C'est elle qui nous a dressées l'une contre l'autre depuis le début.

C'est elle qui a soutenu ma candidature... C'est elle qui a tué Jen... Elle n'a pas cessé de me manipuler... Elle ne m'a pas lâchée une seconde... C'était Roxy sur le Eagle *!*

— Il faut que j'y aille, bredouilla Sydney en se dirigeant déjà vers la sortie.

Roxy était une vraie professionnelle. La belle rousse avenante l'avait complètement roulée dans la farine. Elle était devenue sa copine, elle avait gagné sa confiance...

Dire que j'ai laissé le prototype à l'hôtel !

*
* *

Sydney se précipita dans l'ascenseur, s'attendant à retrouver une nouvelle fois sa chambre sens dessus dessous. Tout devenait parfaitement clair. C'était Roxy qui l'avait cambriolée la première fois en s'arrangeant à faire porter les soupçons sur Ashley.

Et moi qui suis allée pleurer dans ses jupes !

Sydney en était complètement malade.

Elle savait tout depuis le début.

Ses mains tremblaient quand elle tourna la clé dans la serrure. Elle ouvrit la porte, s'attendant au pire.

Rien n'avait bougé.

Je n'y crois pas.

Elle resta un instant paralysée sur le seuil. Roxy aurait laissé échapper sa chance ?

Sydney s'avança dans la pièce. Tout était exactement à la même place. Elle se précipita vers le pot de fleurs près de la fenêtre.

Le prototype avait disparu.

Elle l'a volé. Roxy a réussi.

Seul un agent confirmé pouvait fouiller une pièce sans laisser la moindre trace. Si Sydney n'était pas allée voir Ashley, elle ne se serait probablement aperçue de la disparition que bien des heures plus tard – laissant à sa rivale tout le temps de filer chez son contact pour lui confier l'engin. Ni vu ni connu. Sydney ne l'aurait jamais suspectée…

Elle se rua vers l'ascenseur. La descente lui parut interminable. Keisha était sur la terrasse en train de flirter avec un garçon.

— Keisha, s'exclama Sydney en interrompant leur conversation. Tu n'as pas vu Roxy ?

La fille désigna l'entrée de l'hôtel.

— Elle est partie faire quelques courses, il y a environ un quart d'heure. Qu'est-ce qui t'arrive ?

Sydney négligea de répondre et se précipita dans la rue. Aucun signe de Roxy.

Elle avait le prototype et quinze minutes d'avance.

14

Les vêtements volaient dans tous les sens. Sydney vidait sans le moindre ménagement le placard dans la chambre de Roxy. Elle était trop paniquée pour prendre les précautions élémentaires. Presque folle à l'idée d'avoir perdu le prototype au profit d'un ennemi non identifié, elle avait forcé la serrure et s'était introduite chez sa rivale au risque de se faire surprendre par le premier venu.

En ayant terminé avec le placard, elle se précipita vers la commode dont elle ouvrit le premier tiroir. Roxy avait tout laissé derrière elle, sans doute pour suggérer un retour prochain. Il était plein à craquer de maillots de bain. Le deuxième tiroir était bourré de bermudas et de chemisiers en tous genres. Le troisième contenait des pyjamas. Sous la pile, Sydney découvrit une perruque blonde.

C'était donc Roxy que j'ai surprise l'autre soir à Pearl Harbor ! Elle m'espionnait avec ce machin-là sur la tête. Pour me faire croire qu'il s'agissait d'Ashley.

Dégoûtée, elle jeta violemment la perruque sur le sol. Le stratagème avait fonctionné à merveille. Sydney s'était laissé aveugler par son antipathie à l'égard d'Ashley. Elle s'était fait avoir comme une débutante. Pire, elle avait mis toute sa confiance en Roxy. Simplement parce qu'elle s'était montrée charmante.

Parce qu'elle voulait me piéger, se corrigea-t-elle aussitôt, furieuse d'avoir manqué à ce point de discernement.

Abandonnant la commode, elle se rua sur le lit qu'elle défit entièrement, fouilla la salle de bains de fond en comble, vida les poubelles sur la moquette. Elle ne savait même pas ce qu'elle cherchait. N'importe quoi, un indice, un détail infime qui aurait pu lui révéler la destination de Roxy…

Un carnet et un crayon de l'hôtel étaient restés près du téléphone. Sydney arracha la première page et courut vers la fenêtre. Une série de chiffres apparut par transparence. Elle en compta sept.

C'est un numéro de téléphone !

Rien n'indiquait un quelconque rapport avec Roxy, mais c'était sa dernière chance. Le cœur battant à tout rompre, elle attrapa son portable du SD-6 dans son sac et composa le numéro.

— Héliport d'Oahu, répondit une voix féminine à l'autre bout du fil.

— Oui… Bonjour… Vous louez des hélicoptères ? Je veux dire à des gens qui savent piloter ?

— À toute personne titulaire de son brevet et possédant les garanties nécessaires, répondit la fille qui, de toute évidence, ne classait pas son interlocutrice dans cette catégorie.

— Parfait, répliqua Sydney en saisissant le crayon. Pouvez-vous me donner votre adresse et la route à suivre ?

*
* *

Sydney traversa à fond de train les grandes étendues de champs de canne à sucre et d'ananas. Elle remontait maintenant le chemin de terre rouge qui conduisait à l'héliport. Ses yeux ne quittaient pas le Tarmac et le petit hélicoptère à deux places dont les pales avaient commencé à tourner. Elle traversa le parking à toute allure.

Le pilote était installé aux commandes. Sa chevelure rousse, visible à travers la vitre arrière de l'hélico, ne laissait aucun doute sur son identité. Sydney partit en dérapage contrôlé et s'immobilisa au bord de la piste. Sortant précipitamment du véhicule, elle s'élança en direction de l'engin qui s'élevait déjà de terre.

Il était à un mètre cinquante du sol quand Sydney l'atteignit. Elle sauta et s'accrocha au fuselage côté passager.

L'engin fut déséquilibré par la surcharge de poids. Sydney, ballottée comme un fétu de paille, faillit lâcher prise. Elle parvint à se stabiliser et à poser son genou sur le patin de l'hélico qui prenait rapidement de la hauteur.

Ne regarde pas en bas, s'adjura-t-elle en s'agrippant de toutes ses forces.

L'horizon était penché. Elle avait le cœur au bord des lèvres. Elle ne parvenait pas à croire ce qu'elle venait de faire. Sous son ventre, le paysage paraissait immobile.

Ne regarde pas !

Rassemblant son courage, elle tendit la main vers la

porte sans pouvoir atteindre la poignée. Elle se redressa jusqu'à se coller à la carlingue. Sa tête était maintenant à hauteur de la fenêtre. Elle regarda à l'intérieur.

Roxy la fixait intensément. Leurs regards se croisèrent. Sydney frémit en découvrant à quel point son ancienne copine avait changé. Roxy sourit en poussant sur le manche. L'hélico entama une descente vertigineuse.

Les jambes de Sydney flottaient derrière elle. La situation semblait désespérée. Roxy continuait son piqué, poussant la machine aux limites de ses possibilités. Elle cherchait incontestablement à précipiter sa rivale dans le vide.

L'hélico vira de bord et gagna encore de la vitesse. Les premiers immeubles apparaissaient à l'horizon. De toute évidence, Roxy filait vers la côte. Elle plongea puis redressa brusquement avant de plonger à nouveau pour se débarrasser de sa passagère. Cette dernière continuait à s'accrocher avec l'énergie du désespoir. Roxy accéléra à l'approche de la plage. Sydney ne put s'empêcher de jeter un coup d'œil.

Elles volaient maintenant au-dessus de l'eau. Sydney tenta à nouveau d'atteindre la poignée de la porte. Le soleil descendait sur l'horizon. Si elle tombait, il lui faudrait nager une bonne partie de la nuit pour rejoindre la terre.

En supposant que je survive à la chute, pensa-t-elle. *Ce qui n'est pas du tout évident.*

À environ un mile de Koko Head, à la pointe sud de l'île, Roxy vira à gauche pour suivre la côte, direction plein est. Sydney sentait ses doigts s'engourdir. Il faisait de plus en plus froid. Ses yeux pleuraient. Elle essaya de faire le point.

Roxy semblait se diriger vers l'une des îles au sud-est d'Oahu, Molokai, Lanai, Maui ou la minuscule Kahoolawe. Sydney ne tiendrait jamais jusque-là. Mais l'hélico vira au nord et continua à suivre la côte.

Avait-elle rendez-vous avec un navire croisant dans les parages ? Ce n'était pas impossible. Un bâtiment équipé d'une plate-forme pour se poser. Ce qui laissait supposer que Sydney allait bientôt se retrouver cernée par une bonne quantité d'ennemis. Son portable du SD-6 était toujours dans son sac. Elle songea fugitivement à appeler Wilson pour demander de l'aide.

Mais que pourrait-il faire ?

Sans compter qu'il faudrait se tenir d'une main. Trop dangereux.

Subitement, l'engin bascula à gauche et commença à perdre de l'altitude. Un petit îlot émergeait au-dessus des vagues à moins d'un mile d'Oahu.

Elle n'espère pas se poser là !

Sydney sentit son cœur battre la chamade. Attraper l'hélicoptère au vol avait été limite, en sauter risquait fort de virer à la catastrophe. Surtout que Roxy arrivait beaucoup trop vite. Mais elle n'avait pas le choix. Restait à s'éjecter au bon moment, si elle ne voulait pas mourir écrasée sous le patin comme un vulgaire insecte. La terre approchait rapidement. C'était un caillou désolé. Pas d'arbres, de fleurs et encore moins d'herbe.

L'atterrissage allait être brutal.

S'attendant au pire, Sydney se prépara à sauter. Son instinct de survie lui commandait de se laisser tomber à la première occasion, mais ses réflexes acquis à l'entraînement lui dictaient d'attendre. En décrochant trop tôt, elle s'exposait à se voir abandonnée sur l'îlot tandis que Roxy redémarrerait aussitôt. Il fallait d'abord s'assurer que l'hélico allait réellement se poser.

Le sol se rapprochait de plus en plus. L'engin semblait immobile. Sydney devait changer de position pour sauter entre les patins. Il fallait éviter de se retrouver à découvert. À cette vitesse, Roxy aurait tout le temps de la percuter avant qu'elle ait réussi à s'éloigner suffisamment. Elle bascula son corps vers l'intérieur et choisit son point de chute. Respirer, respirer…

Maintenant !

Elle était à deux mètres du sol. Ses pieds touchèrent la lave compacte. Sydney amortit le choc en fléchissant les jambes puis roula sur le côté. L'hélico se posa à son tour, soulevant un tourbillon de poussière. Elle était juste en dessous. Il fallait sortir de là. Elle poussa sur ses jambes pour se dégager et se rua vers la porte côté pilote.

Roxy bondit du cockpit, prête à en découdre. Elle portait un jean noir et un blouson en toile bleu marine. Ses cheveux roux volaient autour de sa tête, mais à aucun moment elle ne quitta son adversaire des yeux, attendant qu'elle fasse le premier geste.

— Je ne veux pas me battre avec toi, cria Sydney. Rends-moi seulement ce que tu m'as pris.

— Le prototype nucléaire ? ricana Roxy. Tu n'y penses pas, sœurette.

Le mot était blessant dans sa bouche. Sydney se retrouvait devant une totale inconnue. Ce qui rendrait les choses plus faciles.

Elle fondit sur Roxy en multipliant les coups de poing et les balayages. Rien ne passa.

Roxy attaqua à son tour.

Elle profita d'un léger déséquilibre de son adversaire pour la cueillir à la nuque. Sydney bascula en avant et ramassa une planchette dans la gorge. Trente-six chandelles. Sydney recula en essayant de retrouver son souffle. Roxy revint à la charge, l'attrapa par la taille, la souleva de terre. La tête de Sydney s'approchait dangereusement des pales de l'hélico qui continuaient à tourner.

Cette fille veut me tuer !

Il ne s'agissait plus de se battre pour récupérer le prototype mais pour sauver sa peau.

Sydney se retourna brutalement et enfonça ses doigts dans les yeux de son ennemie. Roxy la lâcha aussitôt. Sydney roula dans la poussière. Avant qu'elle ait eu le temps de se relever, Roxy avait pris les jambes à son cou et s'éloignait à toute vitesse.

Sydney se lança à sa poursuite, dérapant sur le sol humide avec ses chaussures de sport. Elle apercevait la mer à une centaine de mètres. Roxy sautait de roche en roche pour gagner la berge. Elle disparut derrière un bloc de basalte. Sydney accéléra. Un Zodiac était amarré dans une petite crique naturelle.

Sydney força encore l'allure. Roxy était arrivée au bateau. Elle détacha le bout, tira l'embarcation et sauta à l'intérieur. Encore quelques mètres. L'engin s'éloignait déjà, emporté par le courant. Roxy s'était retournée pour démarrer l'énorme moteur. Sydney prit son élan et atterrit sur le plancher en bois.

Sous le choc, Roxy vacilla. Sydney saisit une des

rames et bondit en avant. La rousse se cassa en deux quand le morceau de bois l'atteignit au foie. Sydney frappa à nouveau. En pleine tête.

L'étonnement passa fugitivement dans le regard de Roxy puis ses yeux roulèrent dans leurs orbites et elle s'effondra. Sydney sentit son estomac se nouer.

Elle se rua sur son ancienne copine pour lui prendre le pouls. Deux grosses larmes roulèrent sur ses joues. Roxy était vivante. Elle grogna en bougeant doucement la tête. Elle ne resterait pas évanouie très longtemps.

Sydney dénicha un bout de corde dans le coffre du Zodiac. Elle ligota Roxy et l'attacha solidement au banc du milieu. Puis, le cœur battant à tout rompre, elle ouvrit le sac à dos de sa rivale.

Le prototype était là. Ainsi que son GPS.

— Tu as aussi braqué ma voiture ? s'étonna-t-elle.

Roxy marmonna et parut esquisser un sourire. Sydney sortit son portable du SD-6 de son sac et composa le numéro de Wilson.

— J'ai le prototype, dit-elle.

— Oui, je sais.

— Parfait.

En fait, Wilson n'était pas au courant des derniers événements.

— J'aurais besoin de quelqu'un pour venir le chercher, reprit-elle. Votre bâtiment est arrivé sur zone ?

— Il est au large d'Honolulu. Je vous rappelle dès qu'il est à quai.

— Inutile. Je préfère que l'on se retrouve en pleine mer.

— Que se passe-t-il, Sydney ?

Roxy se redressa brutalement et la foudroya du regard.

— C'est assez compliqué. Je vous raconterai plus tard.

— Tout va bien ?

— À merveille. J'ai même un agent ennemi ligoté au fond de mon Zodiac.

— Je vous reconnais bien là ! s'exclama Wilson. Voici ce que je vous propose. Vous avez votre GPS ?

— Oui.

Ils convinrent ensemble d'un lieu de rendez-vous au large où ils pourraient transférer Roxy dans la plus grande discrétion.

— Sydney ? lança Wilson avant qu'elle raccroche. Joli boulot. Je suis fière de vous.

— Merci.

Mais le compliment avait un goût amer. Elle se tourna avec dédain vers la fille gisant à ses pieds et qu'elle avait cru son amie.

Sydney démarra le moteur en tirant sauvagement sur la corde.

Puis, sans quitter sa prisonnière des yeux, mit le cap vers la haute mer.

15

Les étoiles étaient hautes dans le ciel quand le bateau du SD-6 fit son entrée dans le port d'Honolulu. Mais Sydney avait d'autres chats à fouetter. En compagnie de deux autres agents du SD-6, elle participait à l'interrogatoire de Roxy dans une cabine capitonnée.

— Nous savons que vous travaillez pour le K-Directorate, lança Ramirez, une femme d'une cinquantaine d'années aux cheveux grisonnants.

Elle s'était vantée auprès de Sydney d'être fine psychologue, ce qui, jusqu'à maintenant, n'avait pas paru très évident.

— Vous ne savez rien du tout, rétorqua Roxy avec un sourire provocateur.

— Expliquez-nous alors, intervint Warren, un homme à la carrure impressionnante.

Il ressemblait plus à un catcheur qu'à un agent secret. Sydney évita d'aborder le sujet de ses compétences particulières, mais la façon dont il faisait jouer ses muscles ne laissait rien présager de bon.

— Nous finirons par découvrir la vérité, ajouta-t-il. D'une façon ou d'une autre.

— Avant de m'expédier devant un tribunal, ironisa Roxy. Je préfère réserver mes révélations pour le juge.

— C'est moi, le juge. Et voici le jury, poursuivit Warren en désignant Sydney et Ramirez du menton.

Roxy éclata de rire.

— Tu parles d'un jury. Une vieille et une gamine qui ne serait pas capable de retrouver les chaussures qu'elle a aux pieds.

Sydney fronça les sourcils, mais Warren se contenta de sourire.

— Elle vous a retrouvée, ajouta-t-il. Elle a retrouvé le matériel. Pas mal pour quelqu'un d'incompétent.

— Elle a eu de la chance !

Le bateau venait de stopper. Ramirez consulta sa montre.

— Nous sommes à quai. Ces chichis ne nous mèneront nulle part.

— Laissez-moi lui parler seule à seule, proposa Sydney. Accordez-moi quelques minutes.

— Qu'est-ce que tu espères ? Tu vas me frapper ?

Roxy était saucissonnée sur sa chaise, incapable du moindre mouvement et pourtant, sa voix restait étonnamment ferme.

— Je fais dans ma culotte.

Warren se planta devant elle, menaçant.

— Ne t'inquiète pas. Je connais des méthodes infaillibles. Tu viens, Ramirez ?

S'effaçant pour laisser passer sa collègue, il se retourna en pointant son index sur Sydney.

— Dix minutes, pas plus. Ensuite, je m'occupe personnellement de son cas.

La peur passa brièvement dans les yeux de Roxy.

Mais elle se reprit aussitôt en constatant que Sydney la regardait.

— À nous deux, agent Bristow, lança-t-elle avec hargne. Je devrais plutôt dire stagiaire Bristow.

— Ça ne me gêne pas, répliqua Sydney en approchant sa chaise.

La haine était palpable entre elles.

Elle n'a jamais été mon amie, pensa-t-elle, amère. *Elle n'a pas arrêté de mentir*.

Alors pourquoi avait-elle envie de pleurer ?

— C'est toi qui as tué Jen Williams, reprit Sydney en passant à l'offensive.

Roxy esquissa un sourire méprisant. Sydney frissonna devant une telle arrogance.

— Jen était un peu plus maligne que toi.

— Elle t'avait démasquée et tu l'as éliminée. Tu n'avais plus le choix.

— On a toujours le choix, répliqua Roxy en hochant la tête. J'ai opté pour la solution de facilité.

Sydney eut un haut-le-cœur. Cette fille était capable de tuer de sang-froid.

— Tu l'as surprise dans son sommeil puis tu l'as étouffée avec son oreiller, poursuivit Sydney, horrifiée.

— Tu me prends pour qui ? protesta Roxy. Vous n'avez pas de médecins chez vous ? Des gens qui savent préparer tout un tas de petits cocktails amusants.

Sydney grimaça. Avaient-ils administré à Jen un poison indétectable ou une quelconque substance capable de déclencher une crise d'asthme mortelle ?

— Ta collègue était une vraie professionnelle. Pas une cruche comme toi, poursuivit Roxy. Jen ne se serait jamais pointée dans une soirée en interrogeant tout le monde sur tes difficultés respiratoires. N'est pas Colombo qui veut. Comment crois-tu que tu es entrée à AKK ? Sûrement pas à cause de ton look de minette.

— Tu savais depuis le premier jour, bredouilla Sydney, consternée devant l'étendue du désastre. Tu me surveillais depuis le début…

— Tu es tombée dans tous les pièges. Tu imagines Jen sauter à l'eau devant deux cents personnes pour sauver sa meilleure amie sur la seule foi d'une fille complètement soûle. C'est moi qui avais jeté une grosse plante en pot par-dessus bord.

— Une plante ?

— Un petit palmier. Je suis d'ailleurs étonnée que personne n'ait remarqué sa disparition, ajouta-t-elle en souriant d'une oreille à l'autre.

Sydney se retint pour ne pas la gifler.

— Et tu as manipulé Ashley pour me faire croire qu'il s'agissait de Francie.

— Manipulé ! C'est un grand mot. Au cas où tu ne l'aurais pas remarqué, Ashley est une fille plutôt sotte.

— Mais elle t'estimait. Elle t'aimait. Tu n'as pas bougé le petit doigt pour lui venir en aide. Au contraire, tu t'es servie d'elle.

— Elle est pathétique. C'est une perdante. De toute façon, elle se serait retrouvée là où elle est avec ou sans moi.

— Tu étais au courant de son trafic. Tu aurais pu la mettre en garde.

Roxy haussa les épaules.

— Elle n'était rien pour moi. Je te trouve bien naïve. Sincèrement, je ne pense pas que tu fasses de vieux os dans ce boulot.

— Comme papa et maman, Oxana ? intervint Warren.

Il venait de faire irruption dans la pièce en brandissant un fax codé dans sa main droite. Il jubilait.

Roxy était devenue pâle comme un linge.

— C'est étonnant ce que l'on arrive à faire avec l'ADN, poursuivit-il. Nous n'avions pas de fiche sur toi, mais l'ordinateur a retrouvé celles de tes parents. Suite au petit « accident » dont ils ont été victimes, nous avions tous les échantillons nécessaires.

— Je te tuerai ! hurla Roxy en essayant de se lever avec sa chaise pour lui foncer dessus.

Warren prit Sydney par le coude et la raccompagna jusqu'au seuil.

— Il vaut mieux nous laisser, dit-il. Je vais fermer la porte.

Sydney aperçut Roxy une dernière fois, le visage révulsé par la haine.

— Je viens de passer la boîte de Suler aux rayons X, embraya Ramirez qui l'attendait dans le couloir. Tout paraît intact. Félicitations.

La lourde porte blindée venait de se refermer. Sydney entendit des éclats de voix étouffés.

— Elle finira bien par cracher le morceau, commenta Ramirez. Il suffit d'avoir la bonne clé.

Sydney tremblait de tout son corps.

— Je… je ne comprends pas.

Ramirez hocha la tête.

— Moi non plus au début. Puis tout s'est éclairé lorsque j'ai découvert que les parents de ta copine étaient d'anciens agents du KGB infiltrés aux États-

Unis. Oxana – alias Roxy – est née et a grandi ici. Elle avait treize ans quand ses parents ont été tués en opération. Nous ignorons la suite.

— Vous pensez qu'elle appartient au FSB ?

L'agence qui avait officiellement remplacé le KGB en pleine débandade. Rien à voir en tout cas avec la bande de renégats du K-Directorate.

— Je ne crois pas. C'était une proie rêvée pour le K-Directorate. Il suffisait de lui proposer de se venger de la CIA, responsable de la mort de ses parents. Du gâteau sur toute la ligne.

Sydney se sentait de plus en plus mal.

— J'ai besoin d'air, répliqua-t-elle.

— Vous devriez retourner à l'hôtel. Votre boulot est fini. Nous nous occupons du reste.

Sydney dévala la passerelle comme une folle. Un énorme poids pesait sur sa poitrine. Elle avait hâte de se retrouver seule dans un coin à l'abri de tous ces gens. Pour réfléchir. Récupérer.

Et pleurer.

*
* *

Assise au pied du phare, Sydney regardait le bateau du SD-6 reprendre la mer en pleine nuit. Il retournait probablement à Los Angeles pour livrer sa précieuse marchandise : Roxy et le prototype de Suler.

Mission accomplie. Pourtant, elle n'éprouvait aucun réconfort, aucune joie particulière. Au contraire. Elle ne parvenait pas à décompresser. Le chagrin était trop fort.

Que fallait-il penser d'un monde où des filles de son

âge se retrouvaient embringuées dans de telles horreurs ? Elle aurait voulu ne jamais avoir été mêlée à tout ça. Ashley et Roxy méritaient sans doute leur sort… mais pourquoi diable avait-elle été, consciemment ou pas, l'instrument de leur chute ?

Chaque fois qu'elle fermait les yeux, elle revoyait Ashley brisée sur son banc, le visage ravagé par les larmes. Les choses n'auraient jamais dû en arriver là. Tout le monde l'avait abandonnée…

Et Roxy…

Son estomac se nouait chaque fois qu'elle repensait au destin de cette pauvre fille. Bien sûr, elle avait tué Jen. Ce qui était impardonnable. Mais elle avait aussi perdu ses parents très tôt… Comme Sydney avait perdu sa mère… Il n'y avait rien d'étonnant à ce qu'elle soit tombée dans les griffes du K-Directorate.

Le SD-6 pourra l'aider à s'en sortir, pensa-t-elle pour se rassurer. *Lui donner une seconde chance.*

Mais pas avant qu'elle ait parlé. La CIA voudrait en tirer le maximum. C'était une véritable mine d'informations. Encore fallait-il qu'elle veuille coopérer…

Sydney renifla bruyamment et s'essuya les yeux du revers de la manche.

Il n'est pas toujours évident de faire son devoir.

Francie devait être morte d'inquiétude. D'ailleurs toutes les filles de la confrérie devaient se demander où elle était passée. Quant à Roxy, la version concoctée par le SD-6 était imparable. Elle avait été arrêtée par la police pour complicité avec Ashley. Ni Ashley, ni Roxy ne viendraient contredire cette version. Restait à rejoindre l'hôtel et à servir ce mensonge aux adorables membres d'AKK. C'était affreusement déprimant.

D'ailleurs, tout ce qui concernait AKK était affreusement déprimant.

— Sydney ? murmura une voix dans son dos.

Elle se retourna.

— Noah ?

— Je te signale que j'ai essayé d'être discret cette fois-ci, ajouta-t-il en s'approchant.

— Qu'est-ce que tu fais là ? D'où viens-tu ?

— Je n'ai jamais été très loin. Je suis toujours en vacances.

Elle n'arrivait pas à croire qu'il se tenait planté devant elle. Son apparition avait tout du mirage, une illusion que son esprit avait inventée pour échapper à la réalité. Elle tendit la main, persuadée que l'image allait crever comme une bulle de savon.

— La nuit a été dure ? demanda-t-il.

— Comment m'as-tu retrouvée ?

Il haussa les épaules.

— J'ai laissé traîner mes oreilles à droite, à gauche. Quand le bateau est arrivé, je m'attendais à te voir débarquer. J'ai attendu.

— Je suis contente que tu sois venu, ajouta-t-elle, des sanglots dans la voix. Je voulais te dire… je suis désolée pour l'autre soir.

Il balaya les derniers mots de la main.

— Tu étais occupée. C'est de ma faute.

Il fit un pas en avant et la fixa dans les yeux.

— Maintenant que tu as accompli ta mission, je pensais que… Ce n'était pas une partie de plaisir, n'est-ce pas ?

— Non.

Elle éclata en sanglots.

— Oh, Noah. Je ne sais pas ce que je vais devenir. Tout s'embrouille.

Elle s'attendait à ce qu'il essaie de lui remonter le moral en la félicitant comme les autres sur la qualité de son travail. Il se contenta d'ouvrir les bras et de la serrer contre lui.

— Je ressens souvent la même chose, murmura-t-il. Bienvenue au club.

Elle essaya de sourire mais le cœur n'y était pas. Elle posa sa tête contre son épaule, les yeux ruisselant de larmes. Il la laissa pleurer tout son soûl. Sans un mot.

Comment ai-je pu penser un seul instant le remplacer par Burke ? s'étonna-t-elle.

Burke était un gentil garçon mais il ne saurait jamais la comprendre comme Noah.

Comment le pourrait-il d'ailleurs puisque je ne peux pas tout lui raconter ?

Entamer une relation avec quelqu'un qui ne connaîtrait pas tous les aspects de sa vie lui semblait aujourd'hui impossible.

Si seulement Noah ne s'était pas montré aussi froid. S'il ne m'avait pas ignorée...

Elle réalisa subitement que ce n'était plus le cas depuis quelques minutes. Elle leva les yeux vers lui. Il la regardait avec une infinie tendresse.

— Noah ?

— Oui ?

— Je voudrais...

Elle sentit ses muscles se raidir sous sa main. Elle devinait ses pensées. Il croyait qu'elle allait recommencer à poser des conditions, lancer des ultimatums.

— Je voudrais que tu m'embrasses.

— C'est amusant, souffla-t-il en approchant son visage du sien. J'en mourais d'envie.

Leurs bouches se rejoignirent avidement. La même magie qu'à Paris, le même torrent d'émotions qui subitement la submerge. Elle lui caressa les cheveux puis les épaules et le dos, en essayant de mémoriser son corps. Elle avait les jambes en coton, elle respirait difficilement. Noah était l'homme qu'elle voulait, le seul qu'elle ait jamais voulu.

Lorsque leurs bouches se séparèrent enfin, elle put lire dans ses yeux que ses sentiments étaient partagés. Impossible de le nier.

Il restait silencieux à goûter l'instant.

16

— Je suis lessivée, s'exclama Francie en vidant le contenu de sa valise sur son lit. Je ne me doutais pas que c'était si épuisant d'appartenir à une confrérie.

Elles venaient de rentrer d'Oahu. La longue traversée en avion, suivie du consistant transfert en car depuis l'aéroport, avait été à la hauteur du séjour pour le moins échevelé. Les filles d'Alpha Kappa Khi étaient sous le choc de la perte conjuguée de Roxy et d'Ashley. Personne n'avait su quoi dire et tout le monde était resté silencieux dans son coin – à l'exception de cette pauvre Keisha qui avait pleuré pendant tout le voyage.

Sydney vida sa valise à son tour avant de se tourner vers son amie.

— Tu sais, Francie, je ne pense pas continuer. Le genre confrérie, ce n'est pas pour moi. Je n'ai pas voulu le dire devant les filles. Mais avec tout ce qui s'est passé…

— Dieu soit loué ! s'écria Francie en se laissant tomber au milieu de ses affaires. J'ai passé les cinq dernières heures à me demander comment j'allais t'annoncer la même chose.

— Sans blague ?

— C'était horrible ! Je n'aurais jamais pu m'entendre avec des gens comme ça. Pas seulement à cause de l'argent. On s'y habitue. Même si elles sont riches à crever. Non, le vrai problème, c'est qu'elles ne s'intéressent à rien à part elles-mêmes. Malheur à toi si tu ne portes pas le bon vêtement, si tu ne dis pas ce qui convient ou si tu ne fais pas ce qu'il faut faire... J'avais l'impression d'être en pension et non à Hawaï. Ne le prends pas mal, Syd. Tu commençais à filer un mauvais coton. Tu ne te ressemblais plus.

Sydney esquissa un timide sourire.

— Je n'étais pas faite pour cette vie.

— C'est cette vie qui n'était pas pour nous ! Si seulement tu m'avais écoutée... On verra à l'automne...

— N'y pense plus ! protesta Sydney en l'arrêtant de la main. J'espère bien avoir oublié cette semaine d'enfer d'ici là.

Peine perdue. Il lui faudrait très longtemps avant d'effacer l'épisode hawaïen de sa mémoire. Le destin tragique d'Ashley et de Roxy l'avait fortement déstabilisée. À l'avenir, elle y regarderait de plus près avant d'accorder sa confiance à n'importe qui.

— Qu'est-ce qu'on fait ce soir ? demanda Francie.

— Après avoir rangé nos affaires ?

— On est vendredi et il est encore tôt, poursuivit Francie en consultant sa montre.

— Je croyais que tu étais épuisée ?

— Depuis que nous avons quitté cette fichue confrérie, je me sens beaucoup mieux.

— Pas moi. Je trie le linge sale et je vais me coucher. Les vacances sont finies.

— Quel programme !

Quelqu'un frappa à la porte. Sydney sursauta.

Du calme, s'adjura-t-elle. *Tu es à la maison, tu n'as plus rien à craindre.*

Ce n'était pas évident de revenir à la vie normale. Elle commençait même à se demander si avec son boulot, le mot normal avait encore un sens.

— Vas-y ! dit Francie. Tu es la plus près.

Sydney se leva en maugréant et tourna la poignée. Burke se tenait sur le pas de la porte, un énorme sourire aux lèvres.

— Heureux de te revoir ! dit-il.

Il lui tendit les marguerites qu'il avait à la main, l'embrassa sur les deux joues. Le pauvre garçon embaumait la fraise. Il devait s'être récuré des pieds à la tête avant de venir. Ce qui n'était pas le cas de Sydney. Il tombait mal.

— Burke ! Qu'est-ce que tu fiches là ? s'étonna-t-elle. Nous n'avions rien prévu ce soir, n'est-ce pas ?

— Non, mais je voulais te faire une surprise. J'ai réservé au Velvet Vegan, ajouta-t-il en se frottant les mains. J'ai bataillé ferme.

— Tu es complètement fou. C'est horriblement cher.

— Mais le cadre est romantique et j'ai l'intention de te traiter comme une reine.

Francie gloussa.

Burke passa la tête dans la pièce pour la saluer.

— Salut Francie.

— Salut Burke.

— Ça ne t'ennuie pas si je t'enlève ta copine ? Je

t'aurais bien invitée aussi, mais franchement, j'ai peur que ce soit trop pour un seul homme.

Sydney ne put pas s'empêcher d'éclater de rire.

— Tu es impayable, poursuivit-elle. En tout cas, merci pour les fleurs. Mais je suis vraiment trop crevée.

— J'aurais dû appeler avant de me pointer ? s'inquiéta-t-il en redevenant sérieux.

— Non, ce n'est pas le problème. C'est que…

Comment lui expliquer ce qui s'était produit en elle à Hawaï ? La résolution qu'elle avait prise. Elle avait besoin de réfléchir à la façon de lui présenter la chose sans perdre son amitié.

Elle ne pourrait pas lui parler de Noah, dont Francie ne connaissait même pas l'existence. De toute façon, ils n'avaient rien arrêté pour l'avenir. Ils avaient passé le reste de la nuit à parler en se promenant dans Honolulu. Mais personne n'avait prononcé le grand mot qui commençait par un A majuscule. Aucun des deux n'avait évoqué le futur. Entre espions, cette notion n'a pas le même sens qu'ailleurs.

Quelque chose pourtant s'était tissé entre elle et Noah. Un lien définitif.

Il fallait mettre les choses au clair avec Burke.

Cependant…

Il avait l'air si content de la voir. Et c'était bon, pour elle, de sentir quelqu'un auprès d'elle. Quelqu'un de gentil, de drôle, de démonstratif…

Non. Tu lui dois la vérité.

— En fait, reprit-elle, je ne m'attendais à être invitée dans un des meilleurs restaurants de la ville. Je n'ai plus rien à me mettre.

— Je comprends. C'est un vrai problème, répliqua-t-il, en souriant à nouveau. Passe un maillot de bain !

— Tu aimerais bien, n'est-ce pas ?

— À ton avis ?

— Vas-y, Syd, intervint Francie. Ça te changera des buffets exotiques.

Burke offrit son bras, en parfait gentleman. Sydney hésita puis se décida à l'accepter…

— À tout à l'heure, lança-t-elle à Francie en franchissant le seuil. Tu promets de ne pas me ramener trop tard, ajouta-t-elle à l'adresse de Burke.

— Promis, répondit-il. Après un somptueux dîner végétarien je te propose un film qui, j'en suis certain, devrait te plaire.

— Non, Burke, gémit-elle.

— Ils donnent *Lawrence d'Arabie* à la cinémathèque. Avec Peter O'Toole, le teint hâlé au soleil du désert. Tu te souviens ?

Elle se souvenait.

— D'accord. Mais tu me raccompagnes à la maison juste après.

— Pas de problème. On se dépêche de manger une glace et on rentre.

— Tu es incroyable !

— Ne me dis pas que ça te déplaît ?

— Pas vraiment, admit-elle.

Je lui dirai au restaurant. Mais ça risque de gâcher la suite. Après la glace, alors.

Burke n'avait jamais été aussi mignon avec elle. Sydney se sentait affreusement coupable.

Après tout, je ne suis pas obligée de lui parler ce soir. On verra plus tard.

— Je suis vraiment heureux de te retrouver, dit-il. Tu m'as vraiment manqué.

— Je ne te crois pas.

— Tous les jours.

Il s'arrêta comme s'il venait de penser à quelque chose d'important.

— Attends une seconde… Ne compte pas sur moi pour rester de marbre et jouer les indifférents. C'est au-dessus de mes forces.

Il sourit. Elle lui rendit son sourire. Son cœur battait à cent à l'heure.

Aujourd'hui, demain, après-demain... Il n'y a pas vraiment urgence.

Noah avait raison quand il disait qu'il ne fallait pas lier de relations intimes entre agents.

Il avait expliqué que ce n'était pas loyal envers la personne aimée, parce qu'un espion peut mourir d'un instant à l'autre.

Mais c'est Roxy qui m'a finalement ouvert les yeux.

La vraie raison, c'est qu'on ne peut se fier à personne.

À personne.

Jamais.

Achevé d'imprimer sur les presses de

BUSSIÈRE

GROUPE CPI

à Saint-Amand-Montrond (Cher)
en mars 2004

FLEUVE NOIR
12, avenue d'Italie
75627 Paris Cedex 13
Tél. : 01-44-16-05-00

— N° d'imp. : 41400. —
Dépôt légal : avril 2004.

Imprimé en France